하재일 시집

모과는 달다

달아실시선
81

달아실

보조 용언과 합성 명사의 띄어쓰기 등 본문의 맞춤법은 시인의 의도에 따른 것임.

모과는 달다

시인의 말

오늘도 거리에 수많은 꽃이 져서
지상에 수북이 쌓이고 있다

꽃은 나무에 붙어 있을 때가 생명,
한순간 땅에 떨어지면 빛 바랜 종이

새벽 골목길을 걷고 있노라면
흰머리 성성한 노파가
꽃잎을 빗자루로 쓸어내고 있다

나는 풍경을 오려내어 액자에 담았다

2024년 여름, 다낭에서
하재일

차례

모과는 달다

2부

3부

4부

1부

연두가 온다

소리 없이 사람들이 모일 것이오
시끄럽게 떠들 것이고 동네가 들썩일 것이고
연두 한 줄기에 이슬이 맺히고
별도 달도 걸려 올라올 것이오
풀잎에 꿴 진주가 이따금 매달릴 것이니
모든 채권추심 판결문은 사라질 것이오
이게 다 연두 때문에 생겨난 운명이란 말이죠
끔찍하오, 끔찍하오
네가 죽은 빈자리에 연두가 온다

쌀도 돈도 모일 것이오
지난번 통장선거에 나갔다 떨어진 일도
계략 없는 연두 때문이었다니
통탄할 사건이 아니었겠소
버드나무 말뚝에 나귀 한 필 묶어 두고 쉬고 있을 때
떠가는 구름은 내 한숨의 모든 것이었소
그 세월을 어찌 견디었을까마는
연두가 없어서 늘 조롱거리였소
말이 엷어지고 배짱이 작아지고

재화는 점점 줄어들었건만 낭만은 커져만 갔소
행불행이란 나뭇잎 한 장 차이
누가 신문지 깔고 길거리에 나앉을 줄 알았겠소
그놈의 연두가 숲을 이루었다면
그놈의 연두가 연못을 이루었다면

이제 모든 회한을 접고 문자를 새겨 넣으리다
거북이 등짝에 칼끝으로 갑골문을 채우듯
잔잔한 미소를 새겨 넣으리다
눈에 보이잖는 넓은 아량도 넣고
파도를 잠재울 포구 한 폭도 그려 넣겠소
저녁노을이 따라올 것이오
청춘에 부르던 노래가 점점 커질 것이오
청동 거울을 보면서 더 이상 놀라지 마시오
과거는 흘러 흘러 이제 낙서가 되었으니
친구가 없어도 외롭진 않을 것이오
머지않아 연두는 섬에 덮인 바다가 될 터이니
슬픔을 이긴 연두가 노상 출렁일 것이오

모래시계

달아나는 파도를 잡고 보니
섬이 하얀 배꼽이 되었다

네가 떠난 자리가
바로 사랑했던 자리다
단단히 박힌 뼈가 보인다

환승입니까
네, 환승입니다

달의 뒷면을 다시 대 주세요

전쟁과 해바라기

목도리를 한 중년 여성 한 명이
러시아 병사에게 다가가
도대체 남의 나라에 왜 온 것인가
한낮에 총질을 왜 하는 것인가

무기를 든 침략자는 말이 없었다

조용히 군인에게 말을 건넸다
네 주머니에 해바라기 씨를 넣어 둬라
그러면 당신이 죽은 뒤 이 땅에서
새로운 꽃이 자라게 될 것이다

진창이 마른 먼 훗날,
세상이 온통 꽃밭이 될 것이다
너는 가고 없지만, 대지에
세세연년 해바라기가 필 것이다

백설기

동네 친구들과 어울려
뒤란 담장을 넘어가
장독대에 올린
시루떡을 훔쳐먹곤 했다

일단 떡을 훔치면
치달려야 하는데,
들고 가다 넘어지면
동티가 옮긴다고 해
살얼음 디디듯
걸음을 조심하였다

배곯고 견디었으니,
떡은 먹고 싶고
잘못 내빼다가
넘어지면 동티가 옮아
보이지 않는 처녀 귀신에
끌려갈 듯싶고,
어둠의 바다가 이만저만

깊은 게 아니었다

그런 밤이면,
만신은 청대를 잡고
작두에 올라타
당산 고개로 치달렸다
톱밥을 연신 삼키며
불꽃을 뿜어내면서
가슴에 든 징소리를
하얗게 꺼내어 울었다

구멍이 하나 뚫려 있다

모기에 고통 받는 수좌들을 돕기 위해
자신의 가슴팍에 구멍을 하나 뚫어
모기에게 피를 나눠준 달마가 있었다

그로 인해 선방 스님들은
편안하게 정진할 수 있었다

그러나 자신에게 달려드는
음험한 모기 몇 마리가 더 있었다
모기떼만큼 뒤에서 쑥덕공론하며
안거에 뜻이 없는 수행자들이었다

피가 아니라 목숨을, 네 자리를,
네가 가진 보따리 전부를
통째로 달라는 노골적인 요청이었다

아예 심장을 떼어 달라고 말하는
피투성이 사람도 있었다

돼지만 들끓고 나한은 보이지 않았다
사람들은 끝없이 구멍만을 후벼팠다

모기보다 작은 흡혈귀 인간들,
모기보다 못한 구멍 속으로 달아나고
허공엔 거대한 풍선이 하나 떠 있다

그림자 인형

날마다 다락에 들어가 있어
고량주高粱酒가 도착해서
선생님, 안에 계십니까
어떤 대꾸도 하지 말고
유령처럼 투명하게 들어가 있어

사람들이 질문할 때 들어가 있어
너는 안에 있지만 말은 듣지 마
허공에서 나오는 후투티 소리
그렇게 햇빛을 부르듯
너는 수족관에 고요히 들어가 있어

사람들이 웅성거릴 때 들어가 있어
멀찌감치 떨어져 있어
바닥을 기어다니지 말고
밖에 서서 웃지 말고
구름이 몰려와서 창문을 두드려도
너는 멀찌감치 들어가 있어

바람이 나뭇잎을 불러 깨워도
너는 안에 들어가 있어
물끄러미 왜 거기 앉아 있습니까?
여기에 한 물건도 없어요
실밥을 가득 물고 거미가 날아와도
너는 들어가 있어

바람이 파르르 울고 가도
날아가는 나뭇잎은 슬프지 않아
뒷모습을 잃은 것이 아니라
자신의 생을 사랑했기 때문이지

지팡이 한 그루가 되어,
너는 거리를 오랫동안 배회했지만
이제 너는 장롱에 들어가 있어
사람들이 공터에 몰려와
시끄럽게 떠들며 잠을 깨워도
너는 일단 벽에 들어가 있어

머위 우산

그는 날마다 머위를 심고 갔다
해가 뜨나 해가 지나 심고 또 심고
앞뜰이나 밭둑이나 뒤뜰 대숲이나
어디나 그늘진 곳 닥치는 대로
그는 머위를 심고 갔다

나도 꿈에 머위를 심다 깨어났다
이 무슨 이상한 암시인가?
이별인가, 갑작스러운 흉몽인가
늘어진 배롱나무 그늘 아래에서
내가 머위를 덮고 자는 꿈이라

그는 날마다 머위를 심고 갔다
호숫가 낡은 집을 풀잎이 덮어
보일 듯 말 듯 지붕이 출렁일 때
비구름이 한바탕 지나갔다
이슬이 모여 폭포 한 바가지가 된다

두꺼비가 몸에 흙빛을 두르고

꿀벌 집을 응시하는 순간에도
그는 서둘러 머위를 심고 갔다
그의 몸을 지고 먹을 만큼 남을 만큼
격렬한 씀바귀 남새밭을 지나서
뿌리 무성한 머위를 심고 갔다

쓴맛이 깊어지면 삶아 단맛으로 쓰고
어떤 날은 일회용 우산으로 쓰고
어떤 날은 장날 꽃무늬 보자기로
그릇 대신도 썼던, 선화륜旋火輪 같은
물방울을 사람들은 모르고 살다 간다

씨앗을 심은 뜻은

꼬박 하루를 물에 담갔다가
씨앗을 파종하라는 말은
몸을 크게 불리라는 뜻인지
마음을 불리라는 뜻인지 모르겠다
다만 핏줄 같은 내일이 움튼다 하니
전하는 대로 할 수밖에

씨앗은 이마를 반짝거리며
처음 마음으로 돌아가려 하지만
그게 어디 뜻대로 될 일이던가
햇빛을 모으는 송사리 떼처럼
꼬리를 흔들며 슬슬 떠다니다가
바람 부는 한나절이 지나자
몇은 바닥에 가라앉고 몇은 아직도
소금쟁이처럼 물에 떠다니고 있다

심산유곡에 다시 돌아갈 수 없는 밤
잠시 우물가에 앉아 생각에 잠기는데
여기는 변두리 재개발 오일장터

지난해 누가 받은 씨앗 봉투일까
여전히 낯선 곳으로 떠도는 일이
세상 탓만은 아닌 듯, 싶기도 하다

아침에 일어나 보니 누에알 씨앗들이
물 밑으로 새까맣게 가라앉아 있다
밤새 생이 돌처럼 무거워졌다는 말씀
부푼 마음에 서둘러 바위에 넣어 볼까
뿌리가 옛 골목을 더듬어 지나가듯
그윽한 방, 이제 다시 씨앗을 부여잡고
빗방울에 들어가서 면벽이나 해 보자
새싹이 돋아 한 하늘이 열릴 때까지

소금의 온도

어느 중세를 지나온
나그네의 깡마른 지팡이일까?
태양이 눈길을 얼마나 주느냐에
영원히 살 수도
홀로 죽을 수도
한결같은 기도가 필요했을까?
처음 시작할 땐
달가닥거리며 요란했고
채울수록 깊고 단단해지고
서서히 어둠 속에서
아궁이가 스스로 빛났지

서로에게 무거운 자물쇠처럼
어느 별에서 적막을 끌고
유목민들이 불빛으로 왔을까
함께 있으면서
다른 곳을 보기도 했지만,
오래 기다려도
아무런 미련이 없었으니

지금은 거풍과 숙성의 시간
그렇게 매일 보는
치열한 침묵이었을까
하루 세 끼 꼬박꼬박
챙겨 먹는 날에도
돌아서면 또 배가 고픈,
굶주린 영혼처럼
사랑도 꾸준해야 번질 일 있으리
화덕에서 갓 구워 낸
둥근 얼굴, 빵이었을까
너도 결국 길 없는 섬이었니?
소년의 성냥불에 놀란
염소 한 마리 잠에서 깨어,
불꽃 속에서 갈기를 세운다
물이 끓어 갈수록 야위는데

복어

처처에 간악한 모리배들은 들끓는데
나는 태연하게 카페에 앉아 있다
고발 사주를 하고 쿠데타를 모의했는데도
그들은 자기들이 바다처럼 푸르다 한다
동해안엔 오후까지 강한 너울이
유입되면서 매우 높은 물결이
백사장으로 강하게 밀려오거나
갯바위나 방파제, 해안도로를
덮칠 수 있어 위험하다고 외치는데
나와는 상관없는 타인의 일일 것이다
수단과 방법을 가리지 않고,
백주 대낮에 방패와 창칼을 들고
무고한 시민을 때리고 파괴하는
실로 악마 같은 극우 정치꾼들이,
인간의 탈을 쓰고 증오를 토하며
시청 건물을 누비고 다니는데
나는 태연하게 카페에 앉아 있다
지난 시대 독재자나 희극적 인물들,
트럼프, 이탈리아 베를루스코니,

우간다 이디 아민의 정치적 DNA를
물려받은 시민들이 거리에 가득했다
중남미 아이티의 수도 포르토프랭스는
갱단에 의해 도시가 장악된 상태다
낡은 법치주의를 바란다면 헛된 일일까
부동산 개발로 수천억 원을 당겨서
서로 돈을 나눠 가진 주역쟁이들이
풀밭에서 서로에게 지폐를 뿌리고,
청년들은 코인을 달라 아우성이다
소시오패스가 소시오패스를 물어뜯는
유튜브 방송은 지옥과 다를 바 없다
새벽부터 오전 해가 뜬 중천 사이
내륙 지방에는 짙은 안개가 끼는 곳이 많아
운전자는 차간 거리를 유지해야 하고,
국도 이용객들은 사전에 운행 정보를
확인해야겠지만, 여전히 오리무중이다
C-17 수송기가 카불 카르자이 공항을
11시 59분에, 막 이륙했다는 굿 뉴스!

알약의 사적 모험

알약은 한시 미학 산책
사전에 없는 이웃 나라말
알약은 연못에 뜨는 물비늘
실비아 플라스 시 전집
알약은 초록 빗방울로 빛남
불멸의 샘물이 되는 것
알약은 피검사 있는 날의 동그라미
이민 간 누이의 사진
알약은 서울 국제 작가 축제
통일부 남북 출입사무소
알약은 즉시 진공묘유眞空妙有
중국 역대 시가 선집選集
알약을 나는 거부할 수 없음

알약은 오직 힘으로 견고함
알약은 후반기 모더니즘
알약은 탁상용 달력
무지개를 먹고 토한 지우개
알약은 알듯 말듯 색즉시공

살아살아 오래살아 바라승아제
알약은 사리기舍利器 안의 녹두알
오색찬란한 진주 팔찌
알약은 페인팅한 함석
시달리다 죽은 무명 교사의 혼
머리말에 둔 난중일기
색칠한 부활절 달걀!
알약은 솔출판사 카프카 전집
달 없는 천수만 간월암!

나는 웃음이 필요해

수요 장터가 열리는 아파트단지는 은행나무 가로수길 건너편에 있는데 한번 딴 동네로 이사를 나오니 쉽게 접근이 되지 않는다. 자전거를 탈까 킥보드를 탈까. 자전거는 무거워. 보드는 위험해. 이 봄철에 입맛도 없고 그만둘까. 배 깔고 자리에 시체로 누워서 그저 뻐꾹새 소리에 우울해질 때 라면을 뜯고 싶어. 다정하다고 외치고 싶지만. 그건 아니잖아. 일찍이 한 친구를 좋아했건만 그는 갑자기 떠났다. 오토바이를 타고 네거리를 돌다가 헬멧을 쓰지 않고 봉고차와 부딪친 죄로 신경을 잡고 있던 뇌를 망가뜨렸다. 12년간 병상에 누워 있다가 욕창이 나서 다른 행성으로 먼지가 되어 날아갔다. 그건 아니잖아. 내가 아파트를 분양받기 위해 행복시 민생동으로 주소를 전입하자 그날 밤 장안에 신기한 뉴스가 터졌다. 위장 전입자를 대대적으로 색출해서 즉결심판에 넘기겠단다. 눈썹 짙은 아나운서가 으름장을 놓았다. 무주택자가 갈 곳은 경찰서였다. 그건 아니잖아. 나는 소액으로 투자를 시작해서 술값이라도 보태려고 우량주를 샀다. 나라가 IMF 구제금융을 받았다. 잊지 못할 그 이름, 산내들인슈. 외환을 못 막아 회사는 부도가 나고 내 손이 닿지 않는 힘없는 권리는 100원짜리 휴지 조각이 되었다. 회사는 시장에서 관리 종목이 되고, 더 이상 나는 관리가 불가능한 사람이 되어 그날 밤 공모한 후배와 술을 마셨다. 그건 아니잖아. 어느 날 부동산 업자한테 전화가 왔다. 전망 좋은 바닷가에 땅이 나왔으니 미래 투자 가치로 슬쩍 묻어 두라고. 나는 마이너스 손인 것을 또 한 번 잊고 낚시를 핑계로 환장한 이오니아 바다로 떠났다. 달포가 지날 즈음 바다에 유조선이 뜨고 배는 기름띠만 길게 남기고 가라앉았다. 전국에서 자원봉사자가 밀려들었다. 굴 조개가 살 수 없는 검은 갯벌을 바라보며, 그건 아니잖아. 나는 먼지 앉은 거울을 바라보다 퇴직을 신청했다. 그해 겨울 춥고 회사엔 예산이 없었다. 네 번을 떨어지고 다섯 번 만에 소문 없이 명예퇴직을 허락받았다. 식당에서 삼 년 후배가 웃으며 말했다. 저도 이번에 형과 같이 퇴직합니다. 그건 아니잖아. 나는 남몰래 대박 코인 만 개를 샀다. 그날부터 바로 절벽 아래로 수직 낙하했다. 나는 속으로 내 손모가지를 비틀고 싶었다. 위대한 마이더스의 손이 아니라 나는 언제나 마이너스다. 그건 아니잖아. 형은 허리 안 아프지? 요통을 앓는 동생은 나를 부러워했다. 바닷가에 살며 수영으로 단련된 나는 허리 하나만은 유연하고 튼튼했는데. 오후 4시 귀갓길, 화정동 카페 골목에서 급발진 사고가 났다. 그건 아니잖아. 당장 구급차가 필요해. 나는 수수 모가지 부러지듯 에어백에 나가떨어져 허리가 꺾였다. 응급실에 묵다 대학병원 정형외과로 갔다. 위대한 질경이 풀, 나는 살아남았다. 그건 아니잖아, 웃을 수밖에. 드디어 술술 풀리는 영화 한 편이 막 끝났다.

깡통계좌 구조대

가상자산을 키우고 지켜 나가는
깡통계좌 구조대 911입니다

훈련에 참여해 체질을 단련시켜
최악의 시장에서도 생존할 수 있도록
저희가 수익을 보장해 드립니다
911 구조대의 구호물품 특징은
90%의 승률
10배의 수익률
1%의 승리자를 배출합니다

깡통계좌 구조대가
마이너스 돌려막기의 늪에서
당신을 구출하고 싶습니다

지금 긴급 구조대가 여러분을
구조하기 위해 출발합니다, 오버!

`———————.ㅎ.——————— ‘ ☆

_∩_■___ ☆

∠■■~~⑨①①]___ °

〔■_[ ]■■___=======vi

‘└──┬──■┬─┘ ☆

───┴───┴───

├─┤

├─┤ 당신의 계좌를 구조하러

├─┤ 구조 헬기가 도착했습니다

├─┤ (^^)/$$

├─┤ /■

├─┤ /]

시총 52조 코인이 제로가 되는 동안

대다수 사람들은 전재산을 날렸지만

떼돈을 벌 수 있었던 극소수의

좀비 같은 사기꾼 놈들은 건재합니다

—무덤으로부터 그들이 걸어 나왔으니,

영혼이 구더기와 오물의 둥우리로다

지금까지 해 왔던 묻지 마 매매로는
투자에 절대로 성공할 수 없다는 것을
우리는 더더욱 장담할 수 있습니다
상승하기만을 기대하고 또 기다리고
떨어지면 다시 물타는 악순환의 연속,
여러분들은 평생 속아서 살았습니다
— 이제 꿈 깨고 그만둬야 합니다

애초부터 노다지는 없었고 하다하다
그래프로 조립된 불나방까지 띄웁니다
상장 폐지, 휴지 조각 가상공화국
— 죽음의 소용돌이 15시 30분 탈출

폰지사기 굿바이!

그래도 환유적인

텅 빈 지상을 향해 전속력으로 낙하하는
가랑잎을 보고 달마티안이 활짝 웃는다
높은음에 도착했지만, 무대 위의 무희는
변신에 변신을 거듭하며 계속 사망 중이다
얼굴이 지워진 가면이 여기저기에 뒹군다
누군가가 떡시루 위에 앉아서 졸고 있다

셀 수 없이 노새가 이끄는 수레바퀴가
세상 끝에서 사람의 아우성을 짓밟는 동안
별똥별이 지고 철새 떼는 멀리 날아갔다
너와 나는 안개 속에서 거미줄을 기웠다
겨우 한 뼘을 기어오르는 데도 애를 먹었다
달포해포 길에서 아이들을 만나지 못했다
여인이 서럽게 울 때 청소차가 덜컥 지나갔다
달팽이 뿔엔 무지개 대신 이슬이 맺혔다

검은 반점이 무수하게 은행나무에 박혔다
이것은 시간이 빚은 거리 풍경이 아니다
푸른 술병에서 튀어나온 유치한 참언이다

앓고 있는 짐승의 애처로운 심연이 보인다
채무 미납 서류들은 어디에 숨겨 두었을까
간밤에 잠깐 우물에 빠진 올빼미를 만났다
너는 지금 날개를 아예 잃어버린 거니?
밤마다 들리는 건 가면 없는 방울 소리다

2부

싹

밤새 거짓 혀가 올라온다
혀는 지층을 뚫고 올라온다

칼로 자르고 또 잘라도
가위로 아무리 잘라도
어느새 손톱처럼 올라온다
내 마음을 아는지 모르는지
더 이상 먹일 흙이 없어서
맛있는 물이 없어서
그만 올라오기를 바라는 마음
혀는 모른다고 우길 뿐이다

혀가 올라온다
무슨 주문처럼 무럭무럭
혀가 백지를 뚫고 올라온다
유리를 뚫고 올라온다
벽돌을 뚫고 철근을 뚫고
마침내 하늘을 뚫고 올라온다

나는 결국 잘했다고
세 치 혀에게,
찻물 몇 방울 발라 주었다

냉동 시대

참돔과 갑오징어가 뭍에 올라올 때
가자미와 돌문어는 조용했다
달고기와 군평선도 조용했다
서대와 아귀는 산호초 뒤로 숨었다

생물일 때 포를 떠서 순살만 넣었어요
가시와 내장은 제거, 진공 포장했어요

남해안 밤바다를 낚아챘어요!
밤바다에 출렁이는 등불을 건져 냈어요
춤이거나 노래이거나 사랑이거나,
무엇이든 원하는 대로 즐겨 보세요

우리들의 청춘도 낭만도 냉동,
건강도 행복도 종교도 냉동실에 있어요
너무나 위생적인 냉동식품
생물보다 냉동 물건은 할인됩니다

딱돔을 구워 올린 평선이의 밥상이

그립고 절실한 세상이지만
너도나도 냉동 상품이 최고인 시대

쉿, 당신의 모터보트가
암초에 걸리지 않도록 조심하세요
냉동은 언제나 달콤합니다!

빗방울 세기

빗방울 하나에 너는 외로웠다
먼 항구에서 네가 찾아오고
야밤에 들개 짖는 소리 요란했다
그날 밤 소주 한 상자 싣고
삼립호빵 닮은 네 얼굴이 왔다

빗방울 하나에 너는 가난했다
밭고랑에 쭈그리고 앉아서
온종일 호미로 풀을 매고
무더운 잎담배를 따서 말리곤 했다
너는 앵두 한 주먹 들고 왔다

빗방울 하나에 너는 우울했다
지워도 지워지지 않는 사랑
그날 밤 폭우와 심한 다툼을 했다
비탈에 위험한 나무로 서 있는
너를 위해서 새벽 별빛이 달려왔다

빗방울 하나에 너는 명랑했다

뒤란 감나무에서 떨어져 울고
소를 타고 달리다 멀리 날아갔다
장독대에서 미끄러진 뒤로
너는 여름내 배롱나무가 되었다

밀밭 지나서 여치집

길가에서 이삭을 손으로 비벼 물고
깨물다 보면 길이 보이나요?
껍질을 날리며 내가 여쭤 보면
당신은 대답 없이 웃기만 했지요

초여름 하지 무렵 툇마루에
깐 바지락살, 애호박 준비해서
무쇠솥에 국수를 삶을 때
마루에서 듣는 추녀 끝 낙숫물
세상은 어둡고 천둥은 오고
시간은 멈춰 아득하기만 한데

소나기가 서둘러 뛰어오는 소리
솥단지처럼 검게 그을린 얼굴에
자꾸만 거품이 넘쳐흐르고
눈이 매워 먼 산 바라보면
탱자나무 울타리를 휘감던 연기

밀물이 저녁을 끌고 오다가

배가 고파서 잠시 쉬어 가는 마을
빈 산밭에 뜨는 초승달엔
황혼에 울다 남긴 까마귀 울음
으스스 달라붙는 기침을 하고

거시침 흘리던 붉은 토방에서
바라보면 채송화 웃음소리에
사립문도 활짝 열려 있는데
방안에 여치들은 다 어디로 갔을까
이삭을 주우려 밭에 나갔나?
국수 둥지 서너 개가 뒹구는데

미용 사각휴지

우유갑 1킬로그램을
다시 사용하면
두루마리 휴지 150미터를
만들 수 있다는데
우유갑 재활용은
나무를 살리고
숲을 무성하게 하고
생명을 사랑하는 일이겠지
사각형 안에서
구름이 잠자고
열대우림이 잠자고
준비된 스콜이 나를 깨운다
우유갑 펄프를 다시 살려내
환경친화적이면서
품질이 좋은 휴지를 만들면
사각에서 뽑아 쓰는 타입으로
사용이 편리하고
재질이 부드러워
미용 휴지로 사용하기 좋을 텐데

무-형광
무-포름알데히드
무-향취의 물품으로
인간의 민감하고 연약한 피부에
무해하기도 하겠지
무무명 역무무명진
사각형 안에는 망고가 잠자고
파파야가 잠자고
깨달은 스콜이 나를 깨운다
지속 가능한 자원 생산물을
원활히 소비하고
협동과 연대의 가치를
확산하기 위해 함께
만들어 가는 일이라지만
사각형 휴지는
온갖 서책 위에 놓여 있다
두루마리 휴지 150미터를
능가하는 서가 위에서
아무도 찾지 않는 책들을

어떻게 처리해야 할지 고민하는 것
사각형 휴지는 알고 있을까
무감각하고
무지몽매하고
무념무상한 종이의 나날들
다시 사용할 수 없을까
사각 휴지 말고는 달리 없을까

호두는 초록이다

시간의 청피靑皮를 돌확에 간 일이다
갈고 갈다 사마귀도 숨죽이고
바람도 구름도 낮잠에 아직 설고

때 이른 옻이 올라와 스멀스멀
그의 손등을 타고 기어오를 때
물속 바위 뒤로 몸을 숨기는
가재의 뒷걸음질이 얼핏 보였다

그 많던 초록을 누가 먹고 갔을까
호두나무 아래서 소년이 웃는다

선풍기

그는 벽을 향해 말없이 앉아 있던 선풍기에게 말을 건넸다. 그러자 강풍을 멈추고 약풍으로 미풍으로 선풍기는 마음을 가라앉히고 귀를 세웠다. 그도 강풍에서 몸을 낮춰 미풍으로 멈춤으로 연민의 바다로 흘러갔다. 줄곧 함께 있었는데 왜 이제 그의 눈에 들어왔을까. 혼자 오래 앉아 있었던 탓일까, 침침한 시력 때문일까. 먼 곳에서 헤매다 이제는 돌아와 이유 없이 방에 갇히게 된 풍경 때문일까. 선풍기는 정지된 채로 한 곳만을 집중한다. 그가 그의 마음을 읽어 내어 손을 내밀기 전에는 한 치의 이동도 가능할 수 없는 무정한 풍차다. 그는 계기판의 '연속'을 바라본다. 시간은 선택을 강요한다. 누가 먼저 판단을 내릴 것인가. 서로 물끄러미 바라만 보고 있다.

그는 선풍기를 향하여 질문할 목록을 작성해 보았다. 벽을 바라보는 것이 좋으니, 세상을 바라보는 것이 좋으니. 평소 내가 잠들었을 때 너는 무슨 생각을 하니. 어젯밤에도 너를 장명등처럼 켜 놓고 잤는데, 혹시 그것을 싫어하지는 않았느냐. 중고 시장에서 데리고 온 아이기에 가끔은 너도 옛 주인이 생각나는지 묻고 싶었다. 너의 얼굴에는 상처가 있다. 어느 비 오는 날, 날씨 탓으로 주인이 몇 번 허공에 집어던졌거나 술에 취해 발로 걷어찼을 것이다. 철사 끈으로 꽁꽁 묶어서 보호망을 덮은 너를 처음 발견했을 때 나는 아무 말도 할 수 없었다. 그러나 그가 버튼을 누르자 너의 식욕은 자유로웠다. 유연한 목놀림을 보여주면서 너는 그의 앞에 수레바퀴처럼 차르륵 일어나 일목요연하게 시간을 분해하기 시작했다. 그와 너는 오직 바람을 따라 외딴섬 여기까지 왔다. 비로소 벽이 저만치, 물러났다

우리는 해저터널을 건너가요

우리는 이쪽 섬에서 출발하여
원산안면대교를 거쳐서
믿기지 않는 해저터널을 지나서
뱃길이 아닌 국도를 따라서
건너편 언덕에 닿고 싶어 해요

처음 수제비를 먹으러 갔는데
번호표를 받은 대기자들을 보면서
해저터널의 위력을 실감했죠
맛있어도 줄 서서 먹는 일은 없어야지
단호한 친구의 주장 때문에
지프차를 그대로 돌려서
전혀 다른 인연의 식당가로 가서
한산한 바지락 칼국수를 주문했어요
왕만두 다섯 개도 주문했고요

해당화가 언뜻언뜻 보이는
서정적인 갯가를 따라서
튼튼한 남포방조제를 지나서

상화원 찹쌀떡을 먹으러 갔죠
섬 전체가 사유지라고
주인이 누군지는 모르겠지만
머리가 일찍 깬 장사꾼인지
포부가 큰 사람인지 알 수 없지만
죽도록 경치가 좋다고 하면서
육십 세 넘으셨죠, 매표원이 묻길래
아직은 좀 멀었는데, 머뭇머뭇

질문에 무슨 이유가 있나 싶었어요
친구 한 명이 재빠르게 오, 예스
칠천 원 하는 표를 오천 원에 구매
고맙습니데이, 얼른 절하면서
커피 한 잔에 찰떡 한 개 받아서
각자 입에 물고 나무 회랑을 돌아서
느릿느릿 섬을 한 바퀴 나섰지요
그늘 따라 파도 한 바퀴로 돌았지요

이름이 죽도라서 그런 것인지

푸른 검객, 신우대가 자주 나타나고
절경의 소용돌이가 나타나고
군데군데 머리 조심하라는
무문관無門關이 끊임없이 나타나고
연인과 가족과 즐거운 일행들이
의자에 앉아 담소하면서
압축된 풍경이 일생처럼 지나갔어요

우리는 누구를 만나러 간 것일까요
태양은 어김없이 서쪽으로 걸어가고
해저터널은 절대 무너질 리가 없어요
사람들은 매일 바다 밑을 지나서
고래와 함께 수제비를 먹으러 다니지요
밤엔 노을도 터널 안에서 빛을 잠가요

우리가 평생 걸려 건너왔던 길을
단 18분 만에 다른 나라에 도착했어요
참 놀라운 해저터널입니다만
당신은 언제 해안선을 넘을지 궁금하네요

건너편 피안에 누구나 닿고 싶어 하지만

해우는 엄동嚴冬에 자란다

그는 해안가 절벽 제비집에서 태어났다. 달이 차서 썰물이 되면 수평선을 지나 여우섬까지 강물이 밀려났다. 이때 바닷물과 개펄이 맞닿은 국경선에 일정한 거리로 말장을 박고 한 뼘 간격으로 짜 넣은 대발을 수평으로 수백 미터 펼쳐 놓으면 검은 머리 씨앗이 달라붙었다. 날씨가 점점 추워지고 해류가 차가울수록 달빛을 받고 해우가 사람 머리카락처럼 자라게 되는데, 사리 때가 되어 물이 많이 쓰면 어부 이발사가 가서 긴 무쇠 가위로 어둠을 잘랐다. 한 사리가 지나고 또 한 사리, 김은 다시 흑운黑雲같이 일어나 풀이 더욱 무성하게 자랐다. 가위로 자른 김은 작은 대바구니를 거쳐 함지박에 옮겨진 후 김을 담는 부게에 담아서 등짐으로 지고 까마득한 섬 그늘을 떠나는 것이다

그는 김을 채취하고 시간이 남는 경우 끝이 뾰족한 가래로 대맛이나 피조개, 낙지를 잡았다. 눈보라 휘몰아치는 엄동에 부게에 김을 등짐으로 지고 귀가하는 일은 이만저만한 공력이 아니었다. 바로 다음 날 아침부터 동네 공동 우물가에 나가 칼로 잘게 다진 김을 대나무 용수에

넣고 민물로 깨끗하게 헹구어 준다. 광목천 빨래하듯 여러 번 헹군 김은 누이들의 손을 다시 거쳐야 한다. 민물로 채운 원형 고무대야에 사각의 형틀을 김발에 얹어 놓고 한 장 한 장 손으로 적당량을 펼쳐 사각의 본을 뜨는 것이다. 물기를 뺀 발장이 차곡차곡 받침대에 모아지면 사내애들이 옮겨서 대못이 박혀 있는 건장乾場에 한 장씩 꽂아서 햇볕에 말린다. 양지바른 곳에 짚으로 엮어 만든 김 말리는 장석이 마을마다 널려 있었다. 김은 날씨가 추울수록 잘 자라고, 날씨가 포근하면 병에 걸려 한겨울에도 나비가 하얗다. 수온이 상승하면 김 대신 제값을 못 받는 파래가 불어나 그때마다 해태海苔 농사는 용왕님을 원망하게 했다

날씨가 맑고 바람이 잔잔하면 해우를 건조하기에 좋았지만, 변방 날씨는 항상 힘든 날이 많았다. 섬에는 바람이 세차게 불었고 눈이 자주 내렸다. 바람이 한번 불면 장석에 세워 놓은 건장이 쓰러지고 다 마른 김은 스스로 떨어져 온 하늘에 나풀거렸다. 아이들은 털장갑도 없이 김발을 건장에 내어다 꽂으랴, 쓰러진 건장 일으켜 세워 놓으

랴, 한마디로 정신이 없었다. 겨울철이 되면 안방에도 건넌방에도 마루에도 부엌에도 그야말로 온 천지가 새까만 해우뿐이었다. 어디서 날아온 건지 알 수 없는 기러기 편대가 지붕을 덮었다

찬饌도 석화 넣고 끓인 김국이나 식초를 넣고 흥건하게 무친 김물회, 기름에 볶은 김부스러기, 들기름 바른 김쌈 등 온통 바다에 파묻힌 기억뿐이다. 겨우내 김 말리는 일을 하는 동안 손과 귀가 너무 시려서 짧은 겨울 햇살을 찾아 장석 한 모퉁이에서 볕을 쬐던 애들은 순록처럼 뿔이 돋아 서로 부딪쳤다. 조금이나 무시 때가 되면 김 건조하는 일이 없기 때문에 아이들은 다시 삭정이를 따려고 소나무 숲으로 갔다. 해우는 처음 채취하는 초사리 김이 질이 좋은데 동네 어머니들께서 꼭 한두 톳 챙겨서 산에 치성 드리러 갈 때 가지고 갔다. 그는 폭설에 잠긴 바다를 썰매도 없이 매년 혼자 건너야 했다

백석식당

정초엔 새콤달콤한 것이 먹고 싶지요
새록새록 간재미무침이 왔습니다
홍합찜 홍합탕에 숭어회가 별미라지만
생굴 물회가 그중 낫지 않을까요

이월이라 쫄깃한 맛이 그립습니다
넙치회가 좀 더 도톰하면 좋을 듯하네요
해탈의 맛, 우럭젓국이 기다립니다

삼월이라 황제 조개가 오신다고요
꽃샘추위에 대합이 제법 컸습니다
바지락탕 뽀얀 국물도 혀를 점점 스칩니다

사월이라 맑은 바람이 불어옵니다
장고항 연안으로 실치 떼가 몰려오고
쭈꾸미의 꿈은 알배기로 영급니다

오월이라 봄날, 찰진 맛이 떠오르고
갑오징어 찰배기가 대야에서 놉니다

이때 살이 꽉 찬 암꽃게가 기다립니다
매콤한 맛 아구탕에 함께 빠져 봅시다

유월이라 보리누름에 우럭 맛이 최곱니다
방포항 영목항 찍고 밀국낙지도 드시지요
배 구경 사람 구경, 병어회가 제철입니다

칠월이라 박하지와 소라가 부릅니다
이놈의 더위야 저리 물러가거라
해삼 물회는 그지없이 향긋한데,
모감주나무 꽃이 노랗게 피었습니다

팔월이라 중복 말복 지나고 나니
오징어가 올라오기 시작합니다
이때 별미 붕장어를 준비하겠습니다
굽거나 조리거나 아무거나 좋아요

구월이라 영양 만점 전복이 기다리고
왕새우가 여기저기서 뛰어오릅니다

여기저기 대하 축제, 울긋불긋합니다

시월이라 문득 소슬바람이 불어오니
농어회에 바닷가 추억이 절로 납니다
참깨 냄새 전어 떼가 연기를 피웁니다

어느덧 십일월, 쓸쓸한 달입니다
그래도 광어 우럭 낚시꾼이 몰려오고
찬바람에 담치 국물이 따뜻합니다
개불 맛이 상냥하고 혀에 착착 감깁니다

십이월 추위엔 무얼 먹을까요
새조개 데침에 한잔 치면 그만입니다
얼큰하고 시원한 맛 게국지도 있지만
해장왕 물텀벙이가 한창입니다
여기 박대묵 한 접시 추가할까요!

기러기 떼 울며 가며 보리밭이 짙어 갑니다
식객 만 리, 다 함께 백석식당으로 떠납시다

환절기

지난 가을 입었던 옷이 길어졌다. 생이 그만큼 늘어진 것일까, 늘어난 것일까. 나는 동네를 세 바퀴쯤 돌아서 간신히 수선집을 찾아냈다. 상냥한 주인의 말투가 청명해서일까, 무더운 여름이 싹 가신 듯했다. 끝이 도로로 말린 말이 낯설지 않아 물방울처럼 영글었다

밑단을 확 줄여 주세요. 두 번 접어 내민 것보다 윗선에 하얀 줄을 긋도록 했다. 이렇게 해도 괜찮을까요, 걱정스러운 눈빛에 나는 대뜸 땅에 끌리는 바짓단이 내 생은 아니라고 말했다. 여기저기 잘려 나간 옷감이 흩어져 있었다. 수선집 재봉틀이 불빛에 빛났다

다시 주머니를 뒤집어 보여 주었다. 닳고 닳아서 구멍이 나 있었다. 구멍도 메꿔 줄 수 있나요. 마음에 무슨 쇠뭉치를 넣고 다녔길래 이리 닳았냐고 물었다. 나는 불길에 그을리다 만 지난봄 가시덤불을 웃어넘겼다. 앞으론 무쇠덩이가 아니라 무죄를 닮은 구름을 몸에 지니겠다고 말했다. 그때 치마를 차려입은 담쟁이 그늘이 창문 옆을 천천히 지나갔다

근근이 산다

밥을 먹으러 갔지만
손님은 달랑 우리 둘뿐이었다
주인은 표정이 굳어 있었고
식탁은 냄새나고 불친절했다
창밖엔 바람이 불고
잿빛 하늘에 을씨년스럽기까지 했다
거리에 오가는 사람도 드물었다
주인에게 몇 사람의 안부를 물었지만
아무도 모른다고 했다
올 때마다 주막을 방문했지만
그때마다 문이 닫혀 있었다
해가 저물자
진미를 느낄 비린내가 떠올랐다

술꾼을 불러낼까
가볍게 인사를 나눴다
탁주 한 사발에
세상을 피하기는 어렵겠지만
잠시 쉬어갈 순 있으리

역병의 도깨비가
동네 여기저기에 진주해 있었다
이 작은 술집에도
시절을 피해 갈 수는 없었으리
처용의 얼굴은 보이질 않고,
가게마다 임대 벽보만
눈에 선명하게 들어왔다

기다리는 친구는
끝내 오지 않았다
골목은 외부인 통행금지
급히 편의점으로 자리를 옮기며
한 사람을 불러냈다
이럴 때 전투는
언제나 이동사격이 제격이다
수다에서 침묵으로
입가심하기로 마음을 냈다
거품이 이는 동네 골목길에
상상의 눈발이 날렸다

거기 아무도 없었다
옛 사람 말대로,
홀로 앉아서 수미산 생각!
바다는 꿈을 꾸고
산은 옛 모습
그는 다시 벽으로 들어갔다
바람을 피해 한바탕
무인도를 품고 눕기로 했다

그림자 하나

미로 같은 골목이 뻗어 나와
허약하고 창백한 햇볕을
내 발등에 수북수북 뿌려 준다면

고개 숙이고 몸을 떨구어 주세요
꽃처럼 어여쁜 압정이 피어나
우수수 바닥에 떨어질 박힐 거예요

허공에 핀 공중정원에서
꽃이 와락 웃고 있습니다

가라앉기 전 별을 헤아리던 난파선,
쓰러진 언덕에서 운명을 고르는 순간
숲에서 주워 온 타다 만 그대의 숨결

내가 나를 재우기 위해서
내 어깨를 살며시 안아 줍니다
한평생 사용했던 낡은 지도가
내가 입었던 입성의 전부입니다

나는 빳빳한 잠을 구걸했습죠

일찍이 사막에서 태어나, 다시
사막으로 귀향할 예정이지만

그림자조차 잊고 살아가느라
그대의 날씨가 맑고 투명하네요

3부

소라

나는 소라에게서 뭘 배울까
커다란 눈을 배울까
한없이 드넓은 귀를 배울까
그 다문 입술을 배울까

눈 없는, 눈이 나를 부른다
귀인 듯 입인 듯

목까지 차오르는 바닷물에
까치발을 서서 눈도 귀도 없이
발로 더듬어 소라를 건졌다

귀도 없이
눈도 없이
입에 쓴 소금물을 가득 머금고
소라를 땄다

눈도 없이
귀도 없이

캄캄한 물속에서 소라를 캐노라면
내 몸에 따개비가 돋고
조개껍데기가 자라났다

나는 소라를 따서
바구니에 넣어 둘러메고
그 먼 바다를 걸어서 나왔다

전신이 강물인 듯
길인 듯, 소라처럼
어둠에 달빛을 담아 왔다

그늘은 일찍 꽃밭에 버렸고
밤마다 잠을 들썩이는
파도가 나의 생을 이루었다

자, 이제 초원으로 돌아가자
텅 빈 집들이 솔밭에 누워 있다

개미의 문장 연습

나는 동방에서 온 아라한도 아니고
삿갓 쓴 선지자는 더욱 아니다
문득 바닥을 기는 자벌레일 뿐이다
코코넛 야자수 달콤한 물방울에
허기를 잠재우며 단어를 읽는다
벽마다 기둥마다 개미가 새긴
기호가 넘쳐흘러 나무가 숨을 쉰다
어떤 놈은 라오스어를 말하고

어떤 개미는 산스크리트어를 말하고
몽골어를, 태국어를 연달아 말하며
끝없이 몰려오는 개미 떼의 행렬
내가 얻은 모국어로 즉시 응대해도
붉은 낱말들은 알아듣지 못하고
의자가 만든 각진 절벽을 오른다
미끄러지고 다시 아래로 추락하고

개미는 오직 한 문장만을 끌고 간다
소리를 잊은 채 불빛을 뒤로 하고

잠언箴言을 찾을 요량으로 간다
개미는 나를, 지금 몇 단어로 읽을까?
나라는 벌레가 자리를 뜰 때까지
개미들의 문장 연습은 계속된다
다라니가 다라니를 물고 가는 길이다

신발 한 켤레

문촌초등학교, 지나서, 신발, 한, 켤레, 사러, 갔다 11번 버스 타고 곧바로 주엽역에서 하차했다 그랜드백화점 1층 신발가게에서는 마음에 착 붙는 게 없어서 옷소매를 뿌리치고 다음 역으로 갔다 정발산역 지나서 마두역에 하차했다 뉴코아백화점 아울렛까지 신발 하나 사러 갔다 신발 사기가 이렇게 힘이 들어서야 무슨 재주로 신겠나 투덜대며 이리로 갔다 저리로 갔다 한나절을 방황했다 잠시 걸음의 페이지를 멈추고 숨을 쉬다 뒤돌아본다. 이제 헤어지기로 한 내 신발은 말이 없다

백석역에 내려서 신발 한 켤레 사러 갔다 그래도 바이칼 호수까지 함께 다녀온 신발인데 먼저 떠난 내 친구 류지남 시인이 멋지다고 칭찬한 신발인데 이제 이별할 때가 되었다 그는 이미 지난해 눈보라 치던 엄동에 내 곁을 떠났지만 내 신발은 아직도 나와 함께 걷는다 네이비가 좋을까 블랙이 좋을까 색상을 고민하다가 브라운을 선택했다 끈이 있어 좋을까 없는 게 좋을까 얼굴을 만지다 심플한 것을 선택했다 이 신발을 오늘 놓치면 후회한다고 점주는 힘주어 말을 했지만 나는 도무지 믿을 수 없었다. 우

유부단한 욕심이 샘물처럼 솟았다

화정역에 하차해서 세이브존으로 신발 한 켤레 사러 갔다 11번 버스 타고 대곡역 다음에 하차했다 차라리 신발이 나를 신었으면 좋으련만 바닥에 즐비하게 진열된 신발들 주인은 누구를 부르다 어디로 떠난 것일까 사방팔방 사람으로 막혀 발도 제대로 땅에 대지 못하고 붕 뜬 상태로 끼어 있었나? 생과 사의 경계면에 선 이태원 골목 159인의 신위神位, 이름을 모르는 신발들이 숨을 멈추고 허공에서 소리친다 나는 삼각지를 지나서 녹사평역 지나서 신발 한 켤레 찾으러 갔다

중산성당

안에는 들어갈 수 없고
어머니가 계신 밖에서 서성거린다
집안에는 불이 있어 따뜻하고
밖엔 찬바람이 우두커니 있다
비가 오나 눈보라가 치나,
성당은 아파트 단지 후문에 있고
봄이거나 가을이거나
꽃이 피고 새가 울든 말든
성당은 해장국 집 가는 길목에 서서
빵이 아니라 말씀이 중요하다고
빗돌에 끌로 새겨 전하고 있다
그 말씀이란 것이 무엇인지
나는 어렴풋하게도 모르겠고
어머니 한 분께서 뜰 앞에 머문다
나를 기다리는지 누굴 기다리는지
나는 가늠할 수가 없고
밖에 서 계신 어머니가 존재할 뿐이다
살강 아래 부뚜막이나 마루에 걸터앉아
때로는 나뭇간 지난 토방에서

그때 조왕신竈王神과 함께
홀로 식사를 하시던 어머니가 오신다
눈앞에 펼쳐진 화단은 예쁘고
언제 보아도 변함없이
소망하는 첨탑은 아름답지만
나는 한 번도 신전 안에 든 적은 없다
다만 밖에 서 계신 어머니께서
깊은 밤중 삼경이나
몇 날 며칠 비가 계속되는 장마철
또는 폭설이 내린 엄동설한에
인기척 없는 절벽에 닿을 때마다
나를 불러 걸음을 멈추게 한다
그때마다 남이 볼세라 들킬세라
머뭇머뭇 망설이다가
나는 한없이 고개를 숙이고
나직이 어머니를 불러 보면
내 가슴 속의 오랜 빗장이 풀리며
차가운 얼음장에 맘이 저려서
촛불 한 점이 조용히 오는 것이다

나는 성당 뜨락에 오래 서서
한세상 어둠을 잊은 나무처럼
종소리가 달빛을 밟고 간 길을 따라서
내 마음의 장명등에 불을 켤 뿐이다

장마

가끔 는개 보슬비 가랑비
그리고 한나절 장대비
천둥이 빗자루를 타고 나는 듯한데
비구름에 가려 알 수가 없다

산 바깥 마을 어귀엔
모감주나무 꽃이 피고
비단벌레가 이슬을 입어 빛나고
순간 번갯불이 번쩍거린다

꽃이 귀한 여름철이라
지나가는 사람들의 눈길을 잡고
나무 아래 오래 머물게 하더니,
투명한 비닐우산 위로
꽃잎이 빗방울을 안고 떨어진다

저 숲속으로 연인 둘이서
손잡고 걸어 들어가더니
앞이 캄캄한지, 아무 소식이 없다

반半

낯선 사람들이 혀를 디밀어
무슨 환약丸藥같이 쓴 것을
자꾸 내 입으로 밀어넣는다

거부하고 또 거부해 봐도
어쩔 수 없이 포박된 몸
꿈결에 키를 뒤집어쓰고 있다
온몸이 나른해지고 마비에
마약에 취한 듯 기력이 없다
꿈속에서 그들과 스치었던 혀가
새벽까지 부풀어 올라
어물전 어귀까지 갔다

거기 붉은 혓바닥 한 토막
서대가 침묵하며 좌판에 있다
찜통에 넣고 생선을 익혀
얼른 밥 한 숟가락 뜨니
살점이 자꾸 허공에 달라붙는다

이것이 꿈일까, 생시일까
오래 미소 짓게 하는 이 누구일까?
쓴맛은 온데간데없고
뒤척인 비늘만 쌓여 있다

내 몸에 박힌 장터의 파편을
밤새도록 하얗게 발라 낼 줄이야
반은 흐리고 반은 다정하다

하의실종 시대

다단계 신종 사기꾼들 어서 오세요
알콜 중독자가 휘청이는 골목
마약쟁이 딴따라도 함께 오세요
지사 말고 철새 정치인 환영합니다
돈에 미친 글쟁이들 날뛰는 세상
코인쟁이, 피싱쟁이 어서 오세요
땅 사고 도로 뚫고 모래 철근 빼먹고
수시로 무상 증여 신난다 부모 찬스
황금에 눈이 먼 자들 일어나세요
논문 대필 석박사가 넘치는 세상
뚜쟁이 알바 애인 대행 다녀오세요
주인보다 마름 놈이 용을 씁니다
경력 조작 가짜 인턴 넘치는 세상
쓰리고에 따따블 피박 최고입니다
어질어질 어지럼병 어디로 가요
동전 소리 짤짤이에 영혼 없지만
허위 공시 주가 조작 그냥 좋아요
지존파 사이비 교주가 오셨습니다

날 추운데 백숙 솥단지 걸었네요
비릿한 간장게장 협찬 받습니다
된장 막장 고추장 가지고 오세요
참고로 갑질 씨간장은 사절합니다
푸아그라 대신에 독버섯 넣고
삭스핀 대신 밴댕이젓 썩은 것 넣고
킹크랩 가재 대신 화려한 비닐
외국산 홍게 껍데기 넣어 주세요
꽃등심에 캐비어 샐러드 말고
무우청 썩은 시래기 때려 넣고
갈비 대신 광우병 걸린 소막창 넣고
감성돔이나 다금바리 대신
홍어살 넣고 오염수 팔팔 끓여 주세요
오늘의 운세 엄지에 복을 지지면
만신표 보약 쌍화탕이 되겠습니다
재개발업자 고래등 기와집에서
위스키는 계속해서 구입하겠습니다
빤스런 극우 유투버 존경합니다

아미산 소낙비

나는 두고 온 옛 그림자가 보고 싶어 아미산 중대암中臺庵 오르는 가파른 길에 몸을 실었다. 순백의 찔레꽃이 마을을 이루어 산기슭에 지천으로 얽혀 사는 곳. 내가 태어난 옴팡집도 내가 처음 글자를 읽던 미산초등학교도 물속에 잠겨 갈겨니나 누치의 집이 되었다. 맞은편에 우뚝 서 있는 양각산 봉우리만은 예나 지금이나 그 콧날이며 이마가 다르지 않았다. 금세라도 매운 내를 풍기며 솔가리로 밥을 지을 할머니의 모습은 산허리에 감긴 구름발에 자줏빛 산수국으로 반갑게 피었다. 아버지가 청춘을 심었다는 대추나무는 꺾이고 부러진 채, 세월의 흙더미 속에 주저앉아서 연신 기침을 뱉으며 숨을 몰아쉬고 있었다. 간혹 산까치가 울었다.

주인 없는 요사채 툇마루에서 가만히 팔 괴고 사방을 휘휘 둘러보았다. 진주 남강 강물 따라 꿈을 안고 북상한 단목丹牧, 붉은 모란꽃 한 뿌리가 아우성치며 낯선 땅에 자리 잡으려 안간힘을 쓰고 있었다. 타향살이를 견디지 못하고 부서져 그늘에 눕는 꽃잎들이 언뜻 보였다. 돌 징검다리 건너 신작로 뽀얗게 먼지 날리던 시골 버스도 논

둑길에 피어 보따리 이고 행상 나가던 장날 자운영꽃도 더 이상 보이지 않았다. 미닫이문 슬쩍 열고 얼굴을 내미는 눈 어두운 보살이 멧비둘기 소리로 대신해 가볍게 눈인사를 건넬 뿐. 나를 기억해 주는 어떤 기척도 눈짓도 없었다. 나는 잠깐 핏줄 없는 옛집에 들렀다가 그 옛날 아버지처럼 지나갔다. 구름 위에 발자국만 남겨 놓은 채 아미산을 나왔다.

잡채는 가늘다

잡채는 언제나 소망한다
길이 끊어지지 않기를
골목에 서서 죽지 않기를
지하 차도를 지나가다
홍수에 휩쓸리지 않기를

잡채는 무슨 실낱같이
잘디잔 기도를 품고
세월을 소모하는지도 모른다
시간이 지날수록 맛은 사라지고
사는 일처럼 밋밋하게 된다

잡채는 무엇을 기념할까
오색구름이 와서 머물고
열대와 냉대가 뒤섞인 채
감탄을 하고 끝이 다시 이어진다
코끝에서 허무가 피어오른다

그대, 미안해요

이렇게 쉽게 떠날 줄 몰랐어요
사라진 뒷모습 뒤로
길게 여운이 드리울 때
나는 온몸이 나른해진다
음식을 먹다 말고 주술에 빠진다

생은 이리저리 얽히고설키고

거금도

사람들이 여름을 뜯어먹고 있다
태양광 발전을 한다며
산을 발라 살점을 구워 먹고 있다
예부터 소문난 금을 캐고 있다

바위산이 무얼 감춘 듯하지만
실제로 숨긴 것은 하나도 없다
파내도 파내도 먹지 못할 구름뿐이다
뭉게구름이 해안선을 덮는다

그냥 파도나 구경하다 돌아설까
사람들이 모여서 백숙을 뜯고 있다
바람 따라 그냥 스쳐갈 일인데
모여서 떠들며 소용돌이치고 있다

그런데 태풍은 언제쯤 도착합니까
어디든 머물지 말고 흘러라
세상에는 소화되지 못한 섬이 있다
누군가 가 버린 계절을 호명한다

나는 낯선 상자에 갇혀 울고 있다

비두로기

쿠 카페 앞 나무 그늘 아래
비두로기 응답하라
무슨 낱말을 찾고 있니

메밀 씨 뿌린 느낌에 기분이 좋다
찹쌀 멥쌀 흩어진 말 찾아서
하루 이틀 사흘

비두로기는 여러 마리
나는 혼자 머뭇머뭇

쿠 카페 앞 나무 그늘 아래
비두로기 응답하라
수수쌀 뿌린 느낌에 기분이 좋다

무슨 말을 찾고 있나
팥알 녹두알 동부콩 찾아서
한 달 두 달 석 달

비두로기는 낱말을 찾아서 콕콕
나는 문장을 찾아서 후룩후룩

새는 날아가고 물소리만 들리네
도사리, 도사리…

해변의 조랑말

붉은 조랑말이 흰 말을 쫓아서 갔다
바다를 등진 구름이 하늘에 떠가는
일이 아니라, 뗏목이 도착한 동네였다
성게미역국에 고래의 수염이 보였다
한치잡이 배가 밤새 켜 놓은 집어등이
눈썹에 달라붙어 잠을 설치게 했다
서핑에 지친 아가씨들이 해안선에 눕고
파도에 취한 나는 술기운이 돌지 않았다
수평선에 굽은 등을 기댄 노파가
아침마다 취객이 버린 소음을 주웠다
나는 잠시 바람처럼 방파제를 떠나
대문이 파란 주점을 밀고 들어갔다
이방인들이 서로 말을 주고받으며
소라 껍데기에 잔을 채우고 있었다
등대 아래 모자를 쓴 사내가 보였다
문득 물보라에 시간이 흔들리고
말 두 마리가 이불 한 자락을 펼쳤다

4부

열대 과일

손으로 쓰다듬지 마세요
아무 센서나 누르지 마세요
온통 딱딱해서 건강해요

신대륙에서 출발했습니다
해가 가고 달이 가고
밤이 하얗게 익어갈수록
대지의 빛깔은 물컹하죠

칼을 시간에 깊숙이 찌르면
단단한 적도에 닿기에
선을 긋듯이 빙 둘러 자르고
혼돈을 걷어 내 옷깃을 나부끼면
단잠을 쏙 분리해 낼 수 있어요

너는 오랜 세월
진흙 속에서 살아야 한다
살아남기 위하여
몸을 접고 또 접어야 한다

섬유질纖維質

섬유질은 벽에 달라붙는다
내 잇몸 사이에서도
몸속에 머무르기 막막한
창자 사이 좁좁한 통로에서도

섬유질은 본체에서
떨어질 생각을 하지 않는다

도대체 빗소리 바깥엔
어떤 물건이 살고 있을까
빗소리 안쪽에서 사는 나는
둥지를 짓기 위해 근육을 키운다

초원의 선부른 하이에나가
표범의 먹이를 노린다

노끈처럼 끈질긴 저항
영차영차 뿌리를 내리자

이건 올리브가 아니다

늑대가 샤워실에 들어가면 오랫동안 나오질 않는다. 날마다 보스는 우리 동네 물을 혼자 다 쓴다고 얼굴을 붉히면서 성화다. 수돗물이 지난달에도 또 지난달에도 양이 줄지 않고 점점 늘어나는 추세라고 말한다. 날씨는 이제 여름을 지나 가을로, 곧 갈수기渴水期로 접어들고 있다

일곱 애들과 함께 가자시티를 떠나왔다는 그는 AFP에 며칠째 샤워를 못 했다고, 화장실에 가는 것도 줄을 서서 기다려야 한다고 말했다. 그들 가족은 먹을 게 없다. 쓸 수 있는 물건도 없고, 생필품은 이미 천정부지로 가격이 치솟았다. 그들이 닿을 수 있는 음식이라곤 상한 통조림과 치즈뿐이다. 가자시티에서 온 압델 하미드는 국경 지역 라파시티에 있는 친척 집에 가려고 했는데, 정신을 차려 보니 알지도 못하는 사람 집에 뚝 떨어졌다고 말했다. 씻을 물도 구할 수 없다고 했다. 그들에겐 전기도, 물도, 인터넷도 없다. 인간성을 박탈당한 모멸감뿐이라고 했다. 자나 깨나 매일매일 물을 구할 방법을 생각한다. 제발 그만 죽이고, 그만 태워라

지금 어디에도 몸을 씻으며 마실 물이 한 방울도 없다고 말했다. 날씨는 이제 가을을 지나 겨울로 가고 있다. 오늘도 TV에서 공습 사이렌이 계속 울리니. 늑대야, 물 그만 쓰고 나와라. 네놈들은 죄 없는 올리브나무 좀 그만 태우길. 제발 전쟁놀음 불장난 좀 그만해라

잎은 꽃을 잊지 못한다
— 류지남 시인에게

그날 신관동에서 머물겠다는 나를 굳이 마곡사 골짜기까지 끌고 들어간 이유를 모르겠다. 술기운이 거나해지자, 나는 친구에게 뭐라고 불평을 쏟아 내며 듣기 싫은 소리를 뱉고 거북한 말이 계속 무한 반복으로 재생되고. 착하게도, 그는 나를 다시 공주 시내로 데리고 나왔다. 그가 떠나고 지금 생각해 보니 참 미안하다. 그는 으레 봄이 되면 마곡에서 만나자, 가을이 되면 마곡에 꼭 한번 내려와라, 겨울이 되어 눈이 내리면 설경은 더욱 좋다, 여름엔 계곡물에 발 담그고 피래미를 만나도 좋다. 그는 애초부터 마곡사 산벚꽃으로 태어났어야 했다

앞으론 산나물을 먹지 못할 것 같고, 그가 보낸 초봄 두릅을 생각하면. 가을에 알밤을 만나면 외면할 것 같고, 그가 수확해 보낸 공주 밤을 생각하면. 잔에 떨구던 그의 미소에 금이 가고, 그와 기울이던 소주잔에 눈물이 고이고. 그와 마지막으로 새벽까지 밤을 지새웠던 마루호텔 902 호실을 차라리 '통곡의 방'이라고 명명한들 무슨 소용이 있겠는가. 이제 남은 것은 그날 그에게 퍼붓던 주정꾼의 주사酒邪뿐. 왜 나를 이 골짜기까지 데리고 들어왔냐고 고

래고래 소리 지르던 성난 목소리들. 두고두고 가시가 되어 내 가슴을 찌를 것이다. 그토록 그가 좋아했던 것은 사람이었을까, 술판의 폐허였을까

내가 무슨 부탁이라도 하면 그는 들어주었건만 챙겨 놓고 건네지 못한 우전雨前 햇차 한 덩어리. 그에게 차 한 편 주겠다고 약속했는데 다시는 그를 만날 수 없으니. 차를 마실 때마다 마음에 걸려 무슨 맛으로 그가 남긴 시편詩篇을 읊조릴 것인가. 언제 봐도 그는 온유한 성품인지라 단호한 사람들이 많은 저자에서 억눌리기도 했을 터. 그때마다 소리 없이 웃음을 보였던 꽃의 얼굴이었으니. 나는 그걸 모르고 그를 다그쳤으니 제대로 마음도 못 내고 슬퍼할 뿐이다. 지금 어디쯤 오고 있느냐? "연미산이 멀리 보인다." 마중 나와 버스터미널 옆 거리에 서서 누가 그토록 신호등처럼 오래 나를 기다릴 것인가. 서둘러 찔레꽃 스쳐 밟고 청산에 들어갔으니, 그대의 오두막은 오늘도 적막한가

두고 간 꽃다발

모바일 앱에 깊숙이 감춰둔
오늘의 증시證市 현황은 아수라장

파란불에서 헤어나지 못한
동전주는 일어설 기미조차 없이
화면에서 연신 깜빡거리며
물에 가라앉은 잠자리가 되어
헉, 날개를 박고 파닥거린다

지갑일까, 주소를 열어 보니
잠자고 있는 하얀 목련 몇 장
그녀는 어느 골목을 치닫다가
길을 잃고 파랗게 놀랐을까
가방 안에 아직 피어나지 못한
무지개가 똬리를 틀고 있다

1988번 버스를 타고 친구의
출판기념회 가는 차 안에서
오방색이 스며든 파우치 발견

나는 부끄럽게 남의 비밀을 습득했다

밀고 밀리는 경계선상에
점멸등이 숨가쁘게 치고받는
신용 매수 매도 타이밍!
잃어버린 주인을 찾습니다
물타기, 빨간불이 보입니다

관자

키조개 좋아하는 분들 손 들어 보세요
원래 요놈이 비싸고 양도 많질 않아요
맛있는데 손질하면 한 개밖에 안 나오고
오죽하면 어릴 적 꿈에 부자가 되면,
관자만 실컷 먹는 게 소원이었겠어요
지금이야 수산물 시장에서 일하니깐
자연산 관자를 맘껏 먹을 수도 있지만,
이런 행복을 여러분께도 노나 주고 싶어요
키조개 1개당 딱 하나 나오는 관자를,
육십 마리 정도 실하게 포장했습니다

조개에서 가장 귀하고 맛있는 핵심을,
하나하나 손질해서 정성껏 담았어요
정말 꼭 한번은 추천 드리고 싶어요
맛있는 음식을 실컷 먹고 싶은 마음은
인간이라면 누구나 갖는 본성이잖아요
괜히 서로 눈치 살피지 마시고,
이젠 손에 잡히는 대로 부담없이 드세요
넉넉하니까, 내용이 몹시 푸짐하니까요

요놈으로 선택해서 마음껏 잡수세요
옥관자 금관자만 부러워하지 마시고요

아마 개인적으로 제일 좋아하는 요리는,
별미 중 별미인 버터구이가 아닐까요!
팬에 올려놓고 지글지글 관자를 구우면
사각형은 사라지고 바닥에 고인 연기에
조갯살 특유의 감칠맛이 쏟아지는데,
속 깊은 바다를 만나는 거 추천할게요
다만 너무 많이 익히면 질겨질 테니
불 조절에 조금만 주의를 기울여 주세요
그리고 캠핑 갈 때 이거 하나 들고 가면,
모임에서 세상의 주인공이 될 수 있어요
남는 관자는 냉동실에 보관해 두고,
언제든 마음이 당길 때 꺼내 드세요
값이 비싸서 못 먹던 서해안 키조개를,
이제 편안한 음식으로 나눠 드립니다

결벽증潔癖症

시집을 냈으면 그만이지 책이 팔리지 않는다고 하루가 멀다 전화질에 문자에 또 그러다가 안 되겠네요, 시집 몇 백 권 구매를 부탁해요, 하느니 마느니. 책을 갖다가 어디에다 쓴다고 이런 기교를 부리는 것일까요. 택배로 책을 받자마자 길에 메밀 씨 뿌리듯 마구 뿌려 버릴까 말까 고민했지만 참을게요. 행인들이 갈 길이 바쁘고 귀찮아서 관심이나 있을까요. 모르겠네요? 편집자와 친교를 위해 위스키 몇 병에 참치회 한 접시 내놓으면 좋겠다고 지랄하네요. 이건 뭐, 앞으로 내게 다가올 천 길 낭떠러지가 보이네요

내가 요리한 솥이나 냄비에서 죽은 박쥐가 나왔나요. 흙 묻은 맨발로 오징어를 밟아 펴고, 화장실에 다녀온 장화를 신은 채 단무지를 담근 적이 있나요. 떨어진 종이를 만지면 공포에 질려 비명을 지를 수 있다고요. 당신이 그들 중 하나입니까? 길에서 만났는데 악수를 거절하는 유명한 문예지 편집장도 있어요. 손을 덥석 잡았다가 측간에 가서 씻을 일은 물론 피할 일이겠죠. 악수 한 번 하고 가래침을 뱉고, 악수 한 번 하고 구더기를 토해 내면 좋을

것인데…

아, 유명한 주정뱅이 소설가 P씨 말이죠. 그는 남의 집에 가서도 밥을 먹을 때 숟가락을 닦아서 사용하죠. 주인과 앉아서 얘기하는 도중에 몇 번이고 엉덩이 밑을 손으로 쓸어 내며 먼지를 털어 내고 몸을 부르르 떨며 고쳐 앉기도 했고요. 심지어 어딜 가든지 본인의 수저통을 비단 보자기에 싸서, 항상 들고 다니면서 폼생폼사 우아한 멋을 풍겼죠. 비록 빈털터리일망정 여행길에서조차 일류 호텔이 아니면 투숙하지 않았고, 삼복더위에도 스리피스 슈트에 중절모, 두꺼운 외투까지 겹쳐 입었다고요. 그래서 어쨌다고요? 사람들이 그를 명동 백작이나 낭만 건달이라고 불렀나요

그는 선배 상갓집에 가서는 귀신에 들릴까 봐 물 한 모금 마시지 않고 동티 막는 기도만 열심히 하다 오셨어요. 휴게소에서는 설렁탕을 개처럼 땀을 흘리면서 잘도 드시더니만. 평생을 지켰던 원칙이니까 뭐라 말씀드릴 수 없고요. 옆에서 쳐다보는 사람도 생각 좀 해 주세요. 유리컵

이 깨졌나 혹시 사발에 금이 갔나. 아줌마, 여기 김밥에서 왜 분홍빛 손톱이 자라죠, 속눈썹은 누구의 몸에서 나온 비닐 끈인가요. 참, 채소 절임통에 담배꽁초 함부로 던지지 마세요. 책을 출간했으면 그만이지, 판매 주문량이 적다고 전화하지도 마세요. 나는 구름이 전달한 천둥소리나 마시면서 구토를 달랠게요

바다의 낱말

그런데 바닷가에 가서 박대를 뜻하지 않게 맞이한 사람들은 왜 한 명도 싫다고 거부한 일이 나타나지 않았을까요. 존재의 품성이 이렇게 일관되게 평가를 받기가 힘들잖아요. 어떤 생선은 비린내가 진동해서 자주 불평을 쏟아 내기 쉽고, 어떤 고기는 첫인상 때문에 당신들한테 천대받기 부지기수였죠.

박대는 바다가 감추고 싶었던 패류貝類의 낱말, 외마디 음절이었지요. 이제 날개가 증발하고 최소한의 기호들만 살아남게 되었어요. 당신이 상형문자를 젓가락으로 똑똑 오려 낼 수 있는 것은 이미 발음된 소리를 모두 발라 내 햇볕에 태워 버렸기 때문이죠. 건조대에서 말랑말랑한 혓바닥을 꾸들꾸들 말리고 있는 바다의 낱말들. 박대야, 가으내 소쿠리 안에서 햇볕을 쬐어야만 너는 겨울을 훌쩍 건널 수 있는 풍요로운 백과사전이 된단다. 말의 능력자란 말이지!

고수香菜의 효능

탬버린과 피아노를 가릅니다
반미냐 친미냐를 가릅니다
귀신과 허수아비를 가릅니다

골다공증의 현주소를 가릅니다
당신 몸에 가둔 칼슘의 양은?
혈압 변화에 관심이 많으십니까

등고선에 따라 소나무와
단풍나무를 가릅니다
광복군과 관동군 출신을 가릅니다

주변부와 중심부를 가릅니다
진보와 극우파 부대를 가릅니다
법 기술자와 눈물을 가릅니다

당신 몸에 부종이 있는가 없는가
호치민胡志明은 시인인가, 혁명가인가
단순한 민족주의자인가를 가릅니다

나와 당신 사이를 가릅니다
발목지뢰가 남과 북을 가릅니다
정치가 동서를 오래 가릅니다

독성獨聖과 보살을 가릅니다
어무이, 여기 고수 듬뿍 넣어 주세요
오늘은 면역력이 좀 필요합니다

저리 가면 사느니라

뭍에서 물어뜯는 사자를 피해
안간힘을 쓰며 피하다가
물가로 밀리는 어린 코끼리
철없는 코끼리 한 마리가 보인다

등짝에는 이미 거대한 수사자가
올라타 물어뜯는 상황
나머지 13마리가 급소를 노린다
서너 마리는 배와 다리를 물어뜯고
서너 마리는 목덜미를 물어뜯고

숨 막히는 생사의 경계선에서
보였다 안 보였다 하늘과 땅
그때 한줄기 강물이 줄을 대고
결국 코끼리가 물에 뛰어들자
수영 미숙자 사자 떼가 흩어진다

등짝에 붙었던 선봉장 사자마저
물이 두려워 등에서 뛰어내린다

물은 얕지만 놀란 사자는 달아난다
코끼리가 반대 방향으로 건너자
사자가 다시 따라붙는다

어리숙한 코끼리는 다시 허둥지둥
무릎이 잠기는 물속으로 들어간다
마침내 물을 만나 코끼리는 살고
사자는 천천히 초원으로 돌아간다
땅에서는 죽고 물에 가면 산다

간악한 사자 떼의 공격을 피한다
다큐는 계속 머무르다 흐려진다
이리 오면 죽고, 저리 가면 사느니라

너나 내나 잠자리나 코끼리나

빈자일등貧者一燈

저 불 좀 있으면 한 점 주세요
아, 어떡하죠
제가 궐련을 피우지 않아서

아침부터 취객이 나를 부른다
양말도 전혀 신지 않고
점퍼도 입지 않은 봉두난발蓬頭亂髮이
형형한 눈빛으로 나를 호명한다

첫눈이 창문을 두드린 아침인데
나는 까닭 없이 미안하다
담배 끊고 숨어 산 지가 오래
이 동네로 도망 온 지도 오래
골목 주막에 누가 왔다 갔는지
서리가 내릴 때 기러기가 알 뿐이다

불 한 점이 없어 미안합니다
갑자기 눈이 내려 죄송하고요

따뜻한 집에서 나와
단골 카페로 가는 내 모습이 미안하다
취객은 담배 한 개비 손에 쥐고
술 냄새를 풍기며 저만치 앞서간다

절벽을 중심으로 강풍이 불며
종일 추운 하루가 되겠습니다
그늘진 길에 살얼음이 예상됩니다

등불은 곧 켜질 것이다

옴팡집

도깨비는 왜 그렇게 키가 컸을까
하늘 높은 느티나무보다
미루나무보다 더 키가 컸으니

왼쪽으로 쓰러뜨려야 이길 수 있단다
이유를 묻고 싶었지만
어둠의 눈썹이 무서워 나는 말할 수 없었다
가늠할 길 없는 안개가 끼어야 하고
삼경이 지난 고갯길에서 만나면 좋겠다
장터에서 술 한잔 걸치면 더욱 좋겠다

소심하고 다정했던 도깨비
허기가 져서, 아니면 소 판 돈이 필요해서
행인은 죽기도 하고 살기도 했다
누구나 사람들은 그를 보고 싶어했다

명심하자
도깨비를 만나면 오른쪽이 아니라
허리를 잡고 왼쪽으로 넘어뜨려야 한단다

오직 한 방향으로 힘을 써야만 한다

외양간에서 왼편으로 쓰러진
어미 잃은 송아지 한 마리
눈을 감은 채 숨을 고르고 있다

조달은 왜 수염이 없는가

인사동 주점에 도착하니 조달은 이미 취해 있었다. 똘마니 야차와 함께 좌중을 뒤흔들며 종횡무진 설법을 하고 있었다. 방금까지 고래고래 소리를 지르며 노상 방뇨를 막 끝내고 돌아온 그들이었다. 바밀라는 들어가자마자 직감적으로 위기를 느꼈다. 이래서는 곧 모임이 망가지겠다고. 야 조달, 조용히 좀 해라. 여기가 당신네 법당도 아니고 말이야, 당신 혼자 사는 세상이 아니잖아. 그러면서 바밀라는 뭐라고 훈계하며 주먹을 날렸다. 순간 마카로니웨스턴, 활극이 끝나고 장내는 찬물을 끼얹듯 이내 조용해졌다. 이글이글 타오르는 조달의 장작불 눈빛은 이미 분한 마음에 살기가 번득였다. 이때 야차는 탁자 아래로 숨어 보이지 않았다.

이튿날 새벽 고봉산 아래 산들마을 3단지 바밀라가 사는 아란야阿蘭若의 초인종이 울렸다. 여보 조달이란 분이 찾아왔어요. 아 조달, 이른 새벽부터 웬일이야. 들어오시지, 곡차 한잔 합시다. 황태포 땅콩 새우깡 있는 거 없는 거 다 준비해서 시가 어떻고 화냥년이 어떻고 떠들며 식전 댓바람부터 두 사람은 술을 들이붓기 시작했다. 옥신

각신 시간이 꽤 흘렀다. 참 내가 오늘 결혼식이 있어서 일찍 나가 봐야 할 듯싶어. 비척거리며 일어난 바밀라는 새 양복으로 말쑥하게 갈아입었다. 조달, 다음에 만나서 더 마시기로 하고 그만 일어나도록 하자. 두 사람은 자리를 박차고 일어나 함께 밖으로 나갔다. 둘은 5층에서 계단을 딛고 아래층을 향해 내려갔다. 그때였다. 날카롭고 차가운 어떤 물체가 바밀라의 단단한 철벽 허벅지를 뚫은 건! 조달은 미리 준비한 송곳을 바밀라의 살 속에 깊숙이 욱여넣고 줄달음쳐 달아났다. 어젯밤 인사동에서 있었던 사소한 서글픔을 조달은 이렇게 되갚은 것이다. 바밀라의 일그러진 얼굴 속에서 조달의 고통이 연꽃처럼 피어났다

모과는 달다

아무도 안부를 묻지 않을 때
나는 스스로 땅에 떨어져 썩는다

푸른 기운이 사라졌다고
그리 놀라지 마세요

나는 간신히 살아나 향기가 납니다

울퉁불퉁한 세상에 속이 상해도
손 내밀어 당신을 맞이합니다

바람 맞아 역전하시겠습니까
서리 맞아 여전하시겠습니까

해설

연꽃처럼 피어나는 고통, 그 연두의 에스프리

박성현
시인 · 문학평론가

1

언어는 도약한다. 의미를 분절하는 문자의 최소 단위라 해도 그것은 문장 내에서 엄밀한 좌표와 무게를 가지며 발화의 모든 순간에 개입한다. 언어는 도약하고, 그 힘으로 세계를 움직이며, 역사를 만든다. 이때 도약이란 글자 그대로 뛰어넘는다는 뜻이다. 하나의 언어에는 세계가 어떤 식으로든 집약되어 있으며 수많은 선이 얽혀 일관된 망(網)을 형성함으로써 말과 사물(인간을 포함한)을 결속하는데, 여기서 그치는 것이 아니라 — 만일 그렇다면 세계는 멈추고 사건은 소극적인 채로 주변을 맴돌 것이다 —, 도약이라는 엄청난 사건을 통해 새로운 세계의 가능성을 타진하고 설계하며 실천에 옮긴다. 도약이란 바로 가능성에 대한 의지이자 확신이다.

확실히 인간은 언어를 통해서 세계를 받아들이고 이해하며(이는 물론 불가항력적인 '한계'이기도 하지만), 그러한 과정에서 자신의 입지와 경력을 쌓는다. 이때 도약은 '나'를 갱신하는 중요한 방법으로 작용하는데, 그런 면에서 도약하는 언어는 '내'가 숨 쉬는 공동체의 내면이자 호흡이고 근육이면서 살과 뼈가 된다. 도약하는 언어는 공동체의 역동성과 활력을 상징한다. 도약하는 언어는 도처에 파고들어 세계의 이면을 있는 그대로 들춰내거나 그 밀도와 방향, 무게를 가늠한다. 만일 언어가 도약하지 않는다면, 말은 우리를 이끌지 못하며 쓸모와 역할을 박탈당한 단순한 도구로써 방치될 수밖에 없다. 다시 말해 누구도 언어의 광휘를 자신의 거울로 비추지 않고, 그 결과 인간은 반성과 성찰, 표현의 시간을 잊어버리게 될지도 모른다.

또한 언어의 도약은 인간-관계를 새롭게 배치한다는 측면에서도 중요하다. 우리는 항상 관계-맺기라는, 타자와의 소통과 교류 속에서 살아간다. 단 한 순간도 '관계'를 벗어나는 일은 없다. 관계의 촘촘한 그물에서 한발 물러서 있다면 그는 존재하지 않는 것과 마찬가지다. 하루 일을 마치고 노곤한 몸으로 잠이 들어도, '나'는 집과 방, 침대와 이불이라는 타자와 상호작용한다. 무거운 몸으로 눈을 떴을 때도, 창밖에서 새의 향긋하고 명쾌한 휘파람 소리를 들을 때도, 라디오를 켜거나 아내와 아이들과 아침 식사를 할 때도 '나'는 반드시 타자들과의 일정한 관계-맺기를 지속한다. '관계'가 없는 존재는 상상할 수조차 없다. 길가에 아무렇게나 버려진 돌멩이조차 '길'에서부터 '지구'에 이르기까지 관계-속-에서만 존재한다.

얼핏 보기에 이러한 일련의 과정은 언어와 아무런 상관이 없는 듯하지만, 실상은 전혀 그렇지 않다. 관계는 일정한 선분 형태로 짜이며 불연속적 형식 가운데 접속의 새로운 방향을 설정하고는 그것을 끊임없이 반복한다. 이 '접속'을 분절하고 규정하며 표현하는 것은 언어밖에 없다. 당연하겠지만 이 선분의 흐름이 끊기고 다른 흐름이 생겨날 때 관계는 변이된다. 오로지 언어만이 이 변이를 해석할 수 있는 것이다. 언어는 도약한다. 도약함으로써 '나'에게 작용한다. 이로써 '나'는 언제든지 이전과는 다른 '나'로 갱신된다.

2

하재일 시인의 이번 시집은 이 관계-맺기의 충만함에 대한 기록이자 함축적인 보고다. 그는 거의 모든 시편에서 이 '충만함'을 노래하고 있는데, 대상이 자기 자신으로 향했어도 관계에 대한 파고듦은 변하지 않는다. 시인에게 '나'는 언제든 갱신의 가능성이 열려 있는 '나'이기 때문이다. '나'라는 존재의 불연속적인 지속은 누구도 돌보지 않을 때, 이를테면 「모과는 달다」처럼 "아무도 안부를 묻지 않을 때"도 여전히 펼쳐지는데, "나는 스스로 땅에 떨어져 썩"으면서도 "간신히 살아나 향기"를 내며, "울퉁불퉁한 세상에 속이 상해도/ 손 내밀어 당신을 맞이"한다.

이와 더불어 그의 관계-맺기의 범위는 역사적 인물들을 비롯해 보이지 않은 존재 — 도깨비, 유령 등 — 로 확장된다는 것도 주목해야 한다. 시인은 「옴팡집」이라는 독특한 작품에서 도깨비와의 싸움을 이야기-시의 형태로 술회하는데 느티나무나 미루나무보다 키가 더 컸던 '도깨비'를 이기기 위해서는 묘하게도 "도깨비를 만나면 오른쪽이 아니라/ 허리를 잡고 왼쪽으로 넘어뜨려야 한단다/ 오직 한 방향으로 힘을 써야만 한다"고 쓴다. 그는 "가늠할 길 없는 안개가 끼어야 하고/ 삼경이 지난 고갯길에서 만나면 좋겠다/ 장터에서 술 한잔 걸치면 더욱 좋겠다"고 의뭉스럽게 풀어놓기도 하는데, 그것도 '도깨비'에 대한 시인의 예우다.

이처럼 시인에게 '관계-맺기'란 감각의 확장이고 사유의 집중이다. 그가 받아들인 세계의 사소하면서도 기막힌 사건들은 모두 이 영역으로 포진되는바, 이때 그는 그 풍경을 일정한 형식으로 분절하면서 우리가 '도약의 상상

력'이라 부를 수 있는 자신만의 오롯한 작시법(作詩法)을 완성해나간다.

3

과연 관계-맺기로 향하는 시인의 작시법은 어떤 형식일까. 여기서 핵심은 그가 주체와 타자가 서로 관계 맺는 장(場)을 물리적 현상으로 충만한, 구체적이고 녹진한 공간으로 펼쳐놓음으로써 이 사태를 시작한다는 것이다. 그곳이 내면의 막다른 길이라도 곧바로 '장소'가 될 수 있도록 그는 문장을 설계하고 축성한다. 그리고 그 방법으로써 시인은 '도약'이라는 언어의 특수한 속성을 최대치로 이끌어내며, 이를 문장의 전개에 적극 활용한다.

달아나는 파도를 잡고 보니
섬이 하얀 배꼽이 되었다

네가 떠난 자리가
바로 사랑했던 자리다
단단히 박힌 뼈가 보인다

환승입니까
네, 환승입니다

달의 뒷면을 다시 대 주세요
—「모래시계」 전문

이 시에서 '파도'는 '하얀 배꼽'으로 도약한다. 또한 '네가 떠난 자리'는 뼈가 단단히 박힌 '사랑했던 자리'로 도약한다. 수평선으로 물러나는 물결을 그립고 간절한 마음으로 움켜쥐었을 때, 혹은 연인에게 감정을 모조리 소진했을 때 불현듯 엄습하는 감각과 사유의 뒤틀림 같은. 그런데 시인은 '환승'이라는 단어를 통해 뼈를 '달의 뒷면'으로 감아올린다. 아무런 연관이 없었던 '파도'와 '배꼽'과 '단단한 뼈'는 '달의 뒷면'으로 종합되면서 시의 틀을 확장한다.

「연두가 온다」도 마찬가지. 그는 이 작품에서 "이제 모든 회한을 접고 문자를 새겨 넣으리다/ 거북이 등짝에 칼끝으로 갑골문을 채우듯/ 잔잔한 미소를 새겨 넣으리다/ 눈에 보이잖는 넓은 아량도 넣고/ 파도를 잠재울 포구 한 폭도 그려 넣겠소/ 저녁노을이 따라올 것이오/ 청춘에 부르던 노래가 점점 커질 것이오/ 청동 거울을 보면서 더 이상 놀라지 마시오/ 과거는 흘러 흘러 이제 낙서가 되었으니/ 친구가 없어도 외롭진 않을 것이오/ 머지않아 연두는 섬에 덮인 바다가 될 터이니/ 슬픔을 이긴 연두가 노상 출렁일 것이오"라고 노래하면서 시인 자신이 성찰한 묵직한 반성을 녹이고 있다. 그는 계절의 사소한 순환마저 '신의 힘'이 작용하는 불가해한 '도약의 장'으로 간주하는바, 이 순환 속에서 사람들은 '소리 없이' 모이며 관계를 지속한다. 삶의 온갖 부조리와 불합리한 사태를 뒤로 하고 연두, 곧 '봄의 색'은 반드시 온다는 선언 — 비록 네가 죽어 도드라진 '빈자리'지만 순간 색(色)으로 단단히 채워지는 일 — 은 도무지 신비롭기만 하다.

필자가 보기에 이러한 양상은 시인의 현실 인식이 얼마나 핍진할 수 있는지, 그리고 그 여명에서 한밤중까지 이어지는 삶이 눅눅한 피로를 풀고 건강을 회복하며 좀 더 구체적이고 현실적인 에스프리를 가질 수 있는지 가늠할 수 있는 열쇠로 급격히 변형된다. 이 과정에서 그는 관계-맺기의 두 번째 방법으로 일종의 우화를 삽입하며 시를 확장된 환유 — 곧, '알레고리' —로 만든다.

가령, 시인은 「전쟁과 해바라기」에서 우크라이나 전쟁의 비인간적 참상을 고발하는데, 뉴스에서 보듯 그 '영상-이미지'를 직접 송출하지 않는다. 단지, "네 주머니에 해바라기 씨를 넣어 둬라"라는 간단한 문장으로 우회하며 전쟁을 대칭한다. 그럼에도 이 '에두르는' 힘은 그 어떤 매체보다 강렬하다. 목도리를 한 중년 여성 한 명이 러

시아 병사에게 다가가서 왜 한낮에 총질을 해대는 건지 묻는다. 침략자는 끝내 입을 다물고 있다. 그러자 그녀는 말한다. 해바라기 씨를 주머니에 넣어라. 그러면 당신이 죽은 뒤 이 땅에서 새로운 꽃이 자라게 될 것이다 — "진창이 마른 먼 훗날,/ 세상이 온통 꽃밭이 될 것이다/ 너는 가고 없지만, 대지에/ 세세연년 해바라기가 필 것이다." 참으로 눈물겹다. 그녀의 말속에 담긴, 전쟁이 아닌 그 이후를 바라보는 실로 엄청난 도약이다.

'시'의 형식 속에 이야기 한 채를 짓는 '우화-시'는 알레고리를 통해 시적 주제가 더욱 충실하도록 만드는 전형적인 작시법의 하나다. 이야기 자체로 끝나는 경우도 있고, 그 이야기에 현실적 감각을 더해 확장된 이야기로 만들 수도 있다. 앞서 「전쟁과 해바라기」가 전자에 해당한다면, 「구멍이 하나 뚫려 있다」는 후자에 해당한다. 시를 보자.

모기에 고통 받는 수좌들을 돕기 위해
자신의 가슴팍에 구멍을 하나 뚫어
모기에게 피를 나눠준 달마가 있었다

그로 인해 선방 스님들은
편안하게 정진할 수 있었다

그러나 자신에게 달려드는
음험한 모기 몇 마리가 더 있었다
모기떼만큼 뒤에서 쑥덕공론하며
안거에 뜻이 없는 수행자들이었다

피가 아니라 목숨을, 네 자리를,
네가 가진 보따리 전부를
통째로 달라는 노골적인 요청이었다

아예 심장을 떼어 달라고 말하는
피투성이 사람도 있었다

돼지만 들끓고 나한은 보이지 않았다
사람들은 끝없이 구멍만을 후벼팠다

모기보다 작은 흡혈귀 인간들,
모기보다 못한 구멍 속으로 달아나고
허공엔 거대한 풍선이 하나 떠 있다
—「구멍이 하나 뚫려 있다」 전문

선방 스님들이 때아닌 모기로 고통받고 있다. 기나긴 시간 동안 정좌하며 의식을 한 점에 모으다가도 갑자기 나타나서는 피를 빨아대는 모기 때문에 여간 불편하고 번

잡스러운 것이 아니다. 눈을 질끈 감고 계율을 어기면서 수행할 수도 있겠지만, 저 모기도 목숨이 하나뿐인 생명이므로 누구도 쉽게 다뤄서는 안 된다. 만다라의 집요한 선들은 모기에도 스님의 손에도 파고들었으며 화엄의 내륙을 에두르며 어김없이 이어지고 있다. 스님들은 어딘가에 구원의 손이 있기를 내심 기대하지만 이번 생에서 모기는 아무래도 제 명을 살 것 같다.

그때 이를 본 달마는 선뜻 자신의 가슴팍에 구멍 하나를 뚫고서는 모기에게 피를 나눠주기 시작한다. 주변을 맴돌던 미물들이 사라졌으니 스님들은 안도했으며, 계율에 대한 망설임도 없으니 선방은 점점 더 고요해졌다. 하지만 스님들 모두가 달마의 감화를 받은 것은 아니다. "모기떼만큼 뒤에서 쑥떡 공론하며/ 안거에 뜻이 없는 수행자들"이 있었다. 모기는 자기 목숨을 부지하기 위해 어쩔 수 없이 피를 요구하는 것이지만, 이들은 "피가 아니라 목숨을, 네 자리를,/ 네가 가진 보따리 전부를/ 통째로 달라"고 철면피를 들이미는 것이다. 어떤 스님은 "아예 심장을 떼어 달라"고 노골적으로 요구한다. 과연 달마는 모기보다 못한 이들의 위악(僞惡)을 지켜보면서 무슨 생각을 했을까. "돼지만 들끓고 나한은 보이지 않았다"는 문장으로 미뤄 본인이 직접 나한이 되어 사태를 진정시켰을까. 어쩌면 구멍을 뚫기 전에 달마는 알았을 것이다. 가슴을 뚫고 피를 분출하면 '모기'도 그렇겠지만 그보다 "작은 흡혈귀 인간들"까지 불러들일 수밖에 없다는 것을. 달마는 좀 더 멀리 가기로 한다. 그래서 수좌들뿐만 아니라 부처의 뜻을 받들고자 하는 중생들의 고통마저 덜어줄 요량으로 가슴팍에 구멍을 뚫어 "모기보다 작은 흡혈 인간들"에게 피를 나눠주기 시작한다.

아닌 게 아니라, 모기에게 피를 나눠주며 부처의 뜻을 실천한다는 얘기는 어딘지 모르게 익숙하다. 모기라는 미물의 목숨과 인간의 생명이 대등하다며, 만다라를 펼쳐놓는 우화가 제법 있다는 얘기다. 하지만, 하재일 시인처럼 모기에서 "모기보다 작은 흡혈귀 인간들"로 이야기를 반등시키는 경우는 흔치 않다. 게다가 도약했으므로 이 시의 무게 중심 또한 완전히 달라지는 효과까지 발생한다. 물론 이러한 알레고리의 구조는 시집 곳곳에서 등장한다. 이를테면, 마치 요나스 요나손의 소설을 읽는 듯한 착각에 빠지게 되는 「나는 웃음이 필요해」나 소위 퇴물이 되어버린 자신을 줄곧 희화화하는 「그림자 인형」, 극우 세력들이 판치는 사회의 이면을 드러내는 「복어」와 같이 자칫 불행해 보일 수 있는 자기-서사를 십분 활용해 하나의 단막극으로 만든다.

이런 알레고리는 어떤가. 그는 자신으로부터 비롯되는 생활의 사소한 이야기들을, 엉킨 실타래를 한 올씩 풀어나가듯 시를 축성하는데 그 의뭉스러운 목소리가 자못 매력적이다. 시인은 귀도 없고 눈도, 입도 없는 소리를 이리저리 살피다가 문득 이런 생각에 잠긴다.

나는 소라에게서 뭘 배울까
커다란 눈을 배울까
한없이 드넓은 귀를 배울까
그 다문 입술을 배울까

눈 없는, 눈이 나를 부른다
귀인 듯 입인 듯

목까지 차오르는 바닷물에
까치발을 서서 눈도 귀도 없이
발로 더듬어 소라를 건졌다

귀도 없이
눈도 없이
입에 쓴 소금물을 가득 머금고
소라를 땄다

눈도 없이
귀도 없이
캄캄한 물속에서 소라를 캐노라면
내 몸에 따개비가 돋고
조개껍데기가 자라났다
—「소라」 부분

소라에서 과연 무엇을 배울 수 있을까. 우리가 모기를 통해 수행의 고통을 포착할 수 있는 것처럼, 집중만 하면 '소라'에게서도 삶의 도약을 충분히 배울 수 있다. 물론, 이러한 '배움'이란 소라가 제힘으로 우리에게 던지는 것이 아닌, 우리의 관점에서 의인화된 소라를 윤리적 틀 안에 상정하는 것이겠지만.

우선 시인은 소라에게서 "커다란 눈"과 "한없이 드넓은 귀", 그리고 "그 다문 입술"을 배울 수 있다고 노래한다. 그러면서 그는 소라가 "눈 없는, 눈이 나를 부"르는 소리를 듣는데, 맥락에 따라 귀가 될 수도, 혹은 입이 될 수도 있겠다. 들뢰즈식으로 말하면 시인은 '소라에게서' 기관에 속박되지 않는, 분절 이전의 가능-영역을 보고 있는 것이다. '새'이기도 하고 '선'이기도 하며 '진흙'과 '막대풍선'과 '달'과 '유성'도 될 수 있는 '소라'의 매끈한 신체는 그 자체로 알레고리이며 이미 미래-의 사건이 아닌가.

그는 눈도 귀도 없이 오직 발의 감각만으로 갯벌에 박힌 소라를 감지한다. "귀도 없이/ 눈도 없이/ 입에 쓴 소금물을 가득 머금고/ 소라"를 따는 것이다. 그것은 시인과 소라의 중첩이자 관계-맺기라는 충실한 사태다. "눈도 없이/ 귀도 없이" 어두컴컴한 물속에서 소라를 캐고 있으면 어느 순간 "내 몸에 따개비가 돋고/ 조개껍데기가 자라"나는 이유도 이것이다. 이로써 시인에게 우화는 윤리적 등고선으로 재배치된다.

그는 날마다 머위를 심고 갔다
해가 뜨나 해가 지나 심고 또 심고
앞뜰이나 밭둑이나 뒤뜰 대숲이나
어디나 그늘진 곳 닥치는 대로
그는 머위를 심고 갔다

나도 꿈에 머위를 심다 깨어났다
이 무슨 이상한 암시인가?
이별인가, 갑작스러운 흉몽인가
늘어진 배롱나무 그늘 아래에서
내가 머위를 덮고 자는 꿈이라

그는 날마다 머위를 심고 갔다
호숫가 낡은 집을 풀잎이 덮어
보일 듯 말 듯 지붕이 출렁일 때
비구름이 한바탕 지나갔다
이슬이 모여 폭포 한 바가지가 된다

두꺼비가 몸에 흙빛을 두르고
꿀벌 집을 응시하는 순간에도
그는 서둘러 머위를 심고 갔다
그의 몸을 지고 먹을 만큼 남을 만큼
격렬한 씀바귀 남새밭을 지나서

뿌리 무성한 머위를 심고 갔다

쓴맛이 깊어지면 삶아 단맛으로 쓰고
어떤 날은 일회용 우산으로 쓰고
어떤 날은 장날 꽃무늬 보자기로
그릇 대신도 썼던, 선화륜旋火輪 같은
물방울을 사람들은 모르고 살다 간다
—「머위 우산」 전문

하재일 시인은 날마다 머위를 심고 가는 '그'에 대한 우화를 통해 관계-맺기의 윤리적 성찰을 보여준다. '그'는 날마다 머위를 심는다. 그의 이상한 행동은 시도 때도 없다. 해가 뜨나 해가 지나 사제처럼 신의 말씀을 실천하듯 묵묵히, 열정적으로 머위를 심는다. 장소도 다양하다. 앞뜰이나 밭둑이나 뒤뜰 대숲, 혹은 그늘진 곳 그 어디라도 상관없다. 어느 날은 그가 시인의 꿈속으로 들어온다 — 꿈속에서 머위를 심다가 깨어나는 것. 시인은 '이상한 암시'라고 여기지만 그 꿈은 이어지며 "늘어진 배롱나무 그늘 아래에서/ 내가 머위를 덮고 자"기도 한다. 마치 장자의 호접몽처럼 '나'와 '그'는 관계의 망으로 빨려들어간 것.

여전히 그는 머위를 심는다. 비구름이 한바탕 지나갔

어도, 이슬이 모여 폭포 한 바가지가 되었어도, "두꺼비가 몸에 흙빛을 두르고/ 꿀벌 집을 응시하는 순간에도" 서둘러 머위를 심는다. "그의 몸을 지고 먹을 만큼 남을 만큼/ 격렬한 씀바귀 남새밭을 지나서/ 뿌리 무성한 머위를 심고" 간다. 도대체 '그'가 머위를 심는 까닭은 무엇일까. 바로 이 부분이 이 시의 백미다.

머위를 심는 사람이 있다. 증명되지 않은 사실이지만, 네덜란드의 철학자는 내일 지구가 멸망해도 사과나무를 심겠다고 말했던 것과 상통한다. 인간에게는 비록 유한할지라도 존재-함의 대가로 부여된 사명이 있으며, 이는 당장 인류의 소멸이라는 막중한 위기가 닥쳐와도 지켜야 할 가치라는 것을 웅변하는 말이다. 특히 사람들이 전혀 알아주지 않아도 정언(正言)에 대한 의지와 태도는 끊어져서는 안 된다는 것이다. 때문에 여기서 그의 '머위 심기'는 개인적 행동에서 보편적 상징으로 도약한다.

그는 머위를 심는다. 적어도 그에게 머위란 "쓴맛이 깊어지면 삶아 단맛으로 쓰고/ 어떤 날은 일회용 우산으로 쓰고/ 어떤 날은 장날 꽃무늬 보자기로/ 그릇 대신도 썼던, 선화륜旋火輪 같은/ 물방울"이다. "물속 바위 뒤로 몸을 숨기는/ 가재의 뒷걸음질이 얼핏 보"이는 "그 많던 초록"이고(「호두는 초록이다」), "톱밥을 연신 삼키며/ 불꽃을 뿜어내면서" 울어대는 "가슴에 든 징소리"이며(「백설기」), "생과 사의 경계면에 선 이태원 골목 159인의 신위

神位"(「신발 한 켤레」) 그 이름 모를 '신발'들이다. 이 모든 사태를 아우르는, "살강 아래 부뚜막이나 마루에 걸터앉아/ 때로는 나뭇간 지난 토방에서/ 그때 조왕신竈王神과 함께/ 홀로 식사를 하시던 어머니"의 '촛불 한 점'(「중산성당」)이다. 그는 머위를 심는다. 그럼으로써 우리가 오랜 시간 만들어왔던 인간을 향한 '예의'와 인간으로서의 정체성을 이어갈 수 있는 최소한의 '품위'를 지키는 것이다.

4

하재일 시인이 다루는 문장에는 과장이나 작위적인 과잉이 없다는 것도 중요한 특징이다. 곳곳에서 산출되는 낯선 휴지(休止) — 가령, 일상어의 지나친 사용과 같은 — 는, 그의 문장이 파고들었던 현실 감각과 사유의 자연스러운 흔적이다. 우리가 시인의 문장에서 듣는 소담하고 친근한 목소리는 그가 경험한 생활과 실존의 단호한 편린(片鱗)이며 그 반경에서 최대치로 출렁거리는 빛의 더미다. 그의 시를 읽으면서 마치 내가 겪었던 일들 같다는 착각에 빠질 때가 있는데, 그만큼 이야기를 시적으로 풀어놓는 힘이 강하다는 반증이다.

그리하여, 시인 특유의 알레고리는 계속된다. 단지 이야기를 삽입하는 것만이 아니라, 그 이야기를 이끄는 알레고리 자체가 되기도 한다. 변신의 모티프가 작품의 심지에 장착되는 경우가 여기에 해당하는데, 이것은 그가 활용하는 세 번째 작시법이며, '-되기'라는 욕망의 환유에서 출발하여 의인화로부터, 변신에 이르기까지 다양하다. 전자의 예로는 고개를 주억거리며 낱말을 찾는 비두로기(비둘기)에 자신을 투사하는 「비두로기」("무슨 말을 찾고 있나/ 팥알 녹두알 동부콩 찾아서/ 한 달 두 달 석 달// 비두로기는 낱말을 찾아서 콕콕/ 나는 문장을 찾아서 후룩후룩// 새는 날아가고 물소리만 들리네/ 도사리, 도사리…"), 후자는 주술에 빠져 잡채로 과감히 변신하는 「잡채는 가늘다」("잡채는 언제나 소망한다/ 길이 끊어지지 않기를/ 골목에 서서 죽지 않기를/ 지하 차도를 지나가다/ 홍수에 휩쓸리지 않기를// 잡채는 무슨 실낱같이/ 잘디잔 기도를 품고/ 세월을 소모하는지도 모른다/ 시간이 지날수록 맛은 사라지고/ 사는 일처럼 밋밋하게 된다")나 중고 시장에서 산 선풍기와 소통할 목적으로 질문 목록을 작성하는 「선풍기」("그는 선풍기를 향하여 질문할 목록을 작성해 보았다. 벽을 바라보는 것이 좋으니, 세상을 바라보는 것이 좋으니. 평소 내가 잠들었을 때 너는 무슨 생각을 하니. 어젯밤에도 너를 장명등처럼 켜 놓고 잤는데, 혹시 그것을 싫어하지는 않았느냐. 중고 시장에서 데리고 온 아이기에 가끔은 너도 옛 주인이 생각나는지 묻고 싶었다.") 등에서 명징하게 엿볼 수 있다.

물론 시인은 여기서 그치지 않는다. 그는 과감한 발화를 통해 보다 직접적으로 사건에 개입할 때도 있다. 이 독특한 모티프 활용은 「개미의 문장 연습」에서 두드러지는데, 그는 자벌레로 분신(分身)하여 끝없이 이어지는 개미의 행렬을 주의 깊게 바라보며, 그 불규칙하고 무질서한 선에서 '라오스어'나 '산스크리트어', '몽골어', '태국어' 등을 찾아내는 것이다. 어떤 경우든 시인은 자신의 문장을 이끄는 힘을, 그 범주와 영역과 농염한 깊이와 밀도를 정확히 산출한다.

나는 동방에서 온 아라한도 아니고
삿갓 쓴 선지자는 더욱 아니다
문득 바닥을 기는 자벌레일 뿐이다
코코넛 야자수 달콤한 물방울에
허기를 잠재우며 단어를 읽는다
벽마다 기둥마다 개미가 새긴
기호가 넘쳐흘러 나무가 숨을 쉰다
어떤 놈은 라오스어를 말하고

어떤 개미는 산스크리트어를 말하고
몽골어를, 태국어를 연달아 말하며
끝없이 몰려오는 개미 떼의 행렬

내가 얻은 모국어로 즉시 응대해도
붉은 낱말들은 알아듣지 못하고
의자가 만든 각진 절벽을 오른다
미끄러지고 다시 아래로 추락하고

개미는 오직 한 문장만을 끌고 간다
소리를 잊은 채 불빛을 뒤로 하고
잠언箴言을 찾을 요량으로 간다
개미는 나를, 지금 몇 단어로 읽을까?
나라는 벌레가 자리를 뜰 때까지
개미들의 문장 연습은 계속된다
다라니가 다라니를 물고 가는 길이다
—「개미의 문장 연습」 전문

한 가지 눈여겨볼 것은, 시인의 변신이 '문득'이라는 단어로 매개된다는 점이다. 확실히 '문득'이란 단어는 누군가 일정한 절차에 따라 설계한 일정한 선분으로서가 아니라, 갑작스레 닥쳐오는 — 다소 과장한다면 번개처럼 찾아오는 신탁이나 메시아의 도래와 유사한 부분이 많다. 그럼에도 '문득'에는 그가 일관되게 추구한 감각과 사유의 절정이 묻어 있다. '돌연한 멈춤'이란 그 결과이며 '자벌레-되기'에는 (바로 여기서 시인의 관계-맺기의 절정이 시작된다) 사물에 대한 시인의 관점이 강렬하게 맺혀 있다. 시인이 밝히고 있듯, 그는 "동방에서 온 아라한도 아니고/ 삿갓 쓴 선지자는 더욱 아니"며, 다만 "바닥을 기는 자벌레일 뿐"이다. 그런데 왜, 다른 것도 아니고 '자벌레' 일까.

방금 언급한 것처럼 그의 '자벌레-되기'는 갑자기 터진 방언의 성격이 짙다. 그러나 동시에 시인이 자신의 생활과 실존에서 일관되게 추구한 감각과 사유의 결과임은 부인할 수 없다. 그는 삶을 딛고 서지만 결코 그 '너머'를 가정하지 않는다. 그에게 '너머'와 같은 이데아 혹은 유토피아가 없다는 말은 아니다. 단지 그는 해답을 '너머'에서 찾지 않는다는 뜻이다. 그곳은 주어진 현실을 얼마나 충실하게 사느냐에 따라 피어날 수도, 아닐 수도 있는 '열매'다. 그는 "새싹이 돋아 한 하늘이 열릴 때까지" 씨앗을 심는다 — "꼬박 하루를 물에 담갔다가/ 씨앗을 파종하라는 말은/ 몸을 크게 불리라는 뜻인지/ 마음을 불리라는 뜻인지 모르겠다/ 다만 핏줄 같은 내일이 움튼다 하니/ 전하는 대로 할 수밖에"(「씨앗을 심은 뜻은」). 그는 씨앗을 심으면서 사소해질 대로 사소해진다. 흥미롭게도 그는 『한시 미학 산책』이나 『실비아 플라스 시 전집』, 『중국 역대 시가 선집』, 『난중일기』, 『카프카 전집』 같은 책을 알약 삼아 꾸준히 복용한다고 고백한다(「알약의 사적 모험」). 평소에도 그는 '달마티안'이나 '무희', '노새가 이끄는 수

레바퀴', '철새 떼', '청소차', '달팽이 뿔', '은행나무'에서 환유를 찾아내고(「그래도 환유적인」), 마트의 냉동실에 진열된 '참돔', '갑오징어', '가자미', '돌문어', '달고기', '서대', '아귀' 등에서도 "너도나도 냉동 식품이 최고인" 시대의 불행한 단면을 읽어낸다(「냉동 시대」). 물론 이러한 특유의 사태는 '백지'와 '유리', '벽돌'과 '철근'을 뚫고 "무슨 주문처럼 무럭무럭" 올라오는 '세 치 혀'에 대한 날카로운 반성이기도 하다(「싹」). 어쨌든 시인의 '자벌레-되기'는 거창함을 벗어던진 사람의, "무감각하고/ 무지몽매하고/ 무념무상한 종이의 나날들"(「미용 사각휴지」)을 견디는 사람들의 일상이 적극 투사된 결과다.

다시 시로 돌아가자. 시인이 고백하듯, 그는 아라한도, 선지자도 아닌 '자벌레'로 변신한다. "코코넛 야자수 달콤한 물방울에/ 허기를 잠재우며" 무언가를 읽는데, 웬걸 그의 눈에 "벽마다 기둥마다 개미가 새긴/ 기호가 넘쳐" 흐른다. 가만 보니, 그 기호는 라오스어처럼 화려하고, 산스크리트어처럼 추상적이며 몽골어나 태국어처럼 삶에 단단히 결속되어 있다. "끝없이 몰려오는 개미 떼의 행렬"은 시인의 모국어를 자극하며 화답을 요청하지만 만만치 않은 상황이다. 해석조차 쉽지 않지만, 이 '붉은 낱말들'은 단 하나의 문장으로 이어지며 "의자가 만든 각진 절벽을 오"르다가 "미끄러지고 다시 아래로 추락"하길 반복한다.

그렇게 개미는 "오직 한 문장만을 끌고" 가는 것이다.

"소리를 잊은 채 불빛을 뒤로 하고/ 잠언箴言을 찾을 요량으로 간다." 자벌레처럼 허리를 꼿꼿이 세우고 조망하듯 행렬을 바라보는 '나'를, 어쩌면 개미도 올려다보고 있을지 모른다. 그가 '자벌레'가 된 것처럼 '문득' "개미는 나를, 지금 몇 단어로 읽을"지 궁금해진다. 자벌레가 몸을 구부렸다 펴가며 자리를 뜰 때까지, 개미들이 상형하는 문장은 계속될 것인바 시인은 이것이 시의 다라니라는 생각도 든다. 그러기에 그는 "지난 가을 입었던 옷이 길어졌다. 생이 그만큼 늘어진 것일까, 늘어난 것일까. 나는 동네를 세 바퀴쯤 돌아서 간신히 수선집을 찾아"(「환절기」) 나섰던 것이고, 사회의 구석구석을 다시 봤던 것이며("역병의 도깨비가/ 동네 여기저기에 진주해 있었다/ 이 작은 술집에도/ 시절을 피해 갈 수는 없었으리/ 처용의 얼굴은 보이질 않고,/ 가게마다 임대 벽보만/ 눈에 선명하게 들어왔다", 「근근이 산다」), 참다 못해 "알콜 중독자가 휘청이는 골목/ 마약쟁이 딴따라도 함께 오세요/ 지사 말고 철새 정치인 환영합니다/ 돈에 미친 글쟁이들 날뛰는 세상/ 코인쟁이, 피싱쟁이 어서 오세요/ 땅 사고 도로 뚫고 모래 철근 빼먹고/ 수시로 무상 증여 신난다 부모 찬스/ 황금에 눈이 먼 자들 일어나세요/ 논문 대필 석박사가 넘치는 세상/ 뚜쟁이 알바 애인 대행 다녀오세요/ 주인보다 마름 놈이 용을 씁니다/ 경력 조작 가짜 인턴 넘치는 세상/ 쓰리고에 따따블 피박 최고입니다/ 어질어질 어지럼병 어디로 가요/ 동전 소리 짤짤이에 영혼 없지만/ 허위 공시주가 조작 그냥 좋아요/ 지존파 사이비 교주가 오셨습니다"(「하의실종 시대」)라며 "내 잇몸 사이에서도/ 몸속에 머무르기 막막한/ 창자 사이 좁좁한 통로에서도"(「섬유질纖維質」) 섬유질처럼 달라붙는 시대의 위악(僞惡)을 조롱하는 것이다.

*

하지만 시인은 역설한다. 비록 "낯선 상자에 갇혀 울고 있"어도 그 누군가는 "가 버린 계절을 호명"(「거금도」)해야 한다고. "양말도 전혀 신지 않고/ 점퍼도 입지 않은 봉두난발蓬頭亂髮"(「빈자일등貧者一燈」)이 부르는 소리에 귀를 기울여야 한다. 등불이 곧 켜질 것이라는 기대와 믿음과 희망과 함께 "너는 오랜 세월/ 진흙 속에서 살아야 한다/ 살아남기 위하여/ 몸을 접고 또 접어야 한다"(「열대과일」)고 말이다. 이것이 시인이 주는 우화의 요체가 아닐까. 알레고리가 만든 이야기의 그물에는 달빛도 바람도 걸리지 않지만, 언어가 분명한 지향성을 가지는 한 사태는 더욱 부드러워지며 한층 더 깊은 결속을 이끌어낼 것이다. 비로소 "바밀라의 일그러진 얼굴 속에서 조달의 고통이 연꽃처럼 피어"(「조달은 왜 수염이 없는가」)난다. 끝

달아실시선 81

모과는 달다

1판 1쇄 발행 2024년 8월 16일

지은이 하재일
발행인 윤미소
발행처 (주)달아실출판사

책임편집 박제영
기획위원 박정대, 이홍섭, 전윤호
편집위원 김선순, 이나래
디자인 전부다
법률자문 김용진, 이종진

주소 강원도 춘천시 춘천로 257, 2층
전화 033-241-7661
팩스 033-241-7662
이메일 dalasilmoongo@naver.com
출판등록 2016년 12월 30일 제494호

ISBN 979-11-7207-023-6 03810